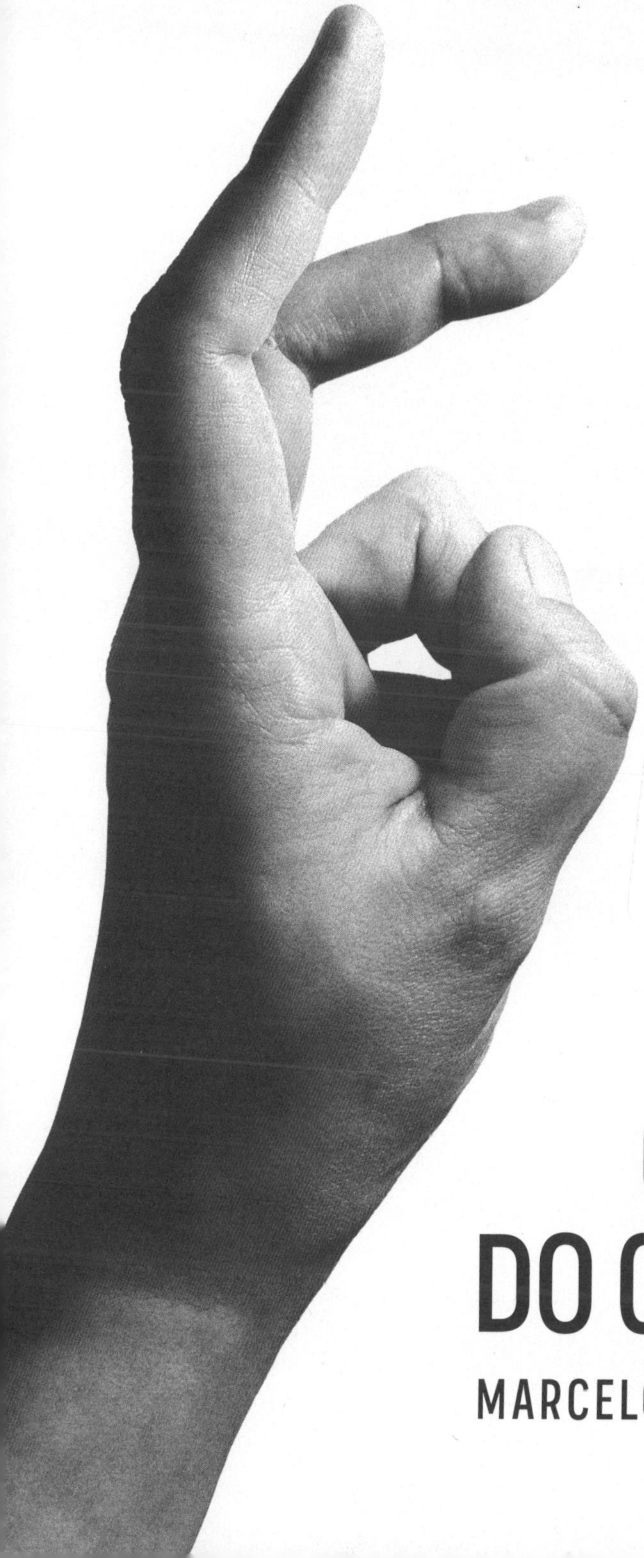

O JOGO
DO COELHO

MARCELO MAGHIDMAN

O JOGO
DO COELHO

MARCELO MAGHIDMAN

© Marcelo Maghidman, 2024
Todos os direitos desta edição reservados à Editora Labrador.

Coordenação editorial Pamela J. Oliveira
Assistência editorial Leticia Oliveira, Vanessa Nagayoshi
Direção de arte e Capa Amanda Chagas
Projeto gráfico Marina Fodra
Diagramação Nalu Rosa
Preparação de texto Marília Schuh
Revisão Lígia Marinho

Dados Internacionais de Catalogação na Publicação (CIP)
Jéssica de Oliveira Molinari - CRB-8/9852

Maghidman, Marcelo
  O jogo do coelho / Marcelo Maghidman.
  São Paulo : Labrador, 2024.
  224 p.

  ISBN 978-65-5625-659-7

  1. Ficção brasileira I. Título

24-3568   CDD B869.3

Índice para catálogo sistemático:
1. Ficção brasileira

Labrador
Diretor-geral Daniel Pinsky
Rua Dr. José Elias, 520, sala 1
Alto da Lapa | 05083-030 | São Paulo | SP
contato@editoralabrador.com.br | (11) 3641-7446
editoralabrador.com.br

A reprodução de qualquer parte desta obra é ilegal e configura uma apropriação indevida dos direitos intelectuais e patrimoniais do autor. A editora não é responsável pelo conteúdo deste livro. Esta é uma obra de ficção. Qualquer semelhança com nomes, pessoas, fatos ou situações da vida real será mera coincidência.

Para Débora,

o tesouro que reencontro todos os
dias há mais de três décadas.

*A vida sem a música é simplesmente
um erro, uma tensão, um exílio.*

(15 de janeiro de 1888, de Friedrich
Nietzsche para Heinrich Köselitz)

Capítulo 1

Vencido o portão de ferro na entrada de casa, apanha no chão de pedra polida a correspondência que por lá se espalhava. O dia ensolarado projeta no piso sombras delicadas das folhas da chapa de metal vazada em sinuosos detalhes. O agachar e levantar já não se mostra tarefa corriqueira. O tempo se incumbira de deixar marcas na pintura da fachada tanto quanto em seu corpo. Mais dois leves degraus e a porta da casa está à sua esquerda. Pendura a boina no mancebo do vestíbulo e mergulha no corredor escuro, em busca da mãe em algum dos cômodos da térrea casa de vila. A estreita entrada esconde um imóvel mais comprido do que largo, ligado por um corredor em L, em cuja parte menor se encontra o seu quarto, à esquerda, e onde ninguém tem permissão de entrar. Ao dobrar o corredor, espia no dormitório à direita, onde a mãe repousa as saudades do marido falecido há quatro décadas, mas lá tampouco se encontra no momento. Mais alguns passos e o dormitório no meio do corredor à direita, que um dia pertencera à irmã, hoje já casada e em outro domicílio, não traz mais do que móveis e recordações. É uma casa de ausências.

O ruído de água que vem da cozinha o faz ignorar a sala e caminhar até o fundo do corredor, onde encontra a mãe, Eszter, e sua fiel ajudante, Teresa, enchendo um balde para regar as plantas. Após uma curta troca de palavras, volta à sala, cumprimenta o papagaio, Zyssale, que o ignora, e de lá desce para o porão, onde mantém sua oficina. Lava as mãos na pia e verifica os envelopes, não sem antes ligar o aparelho de som, como é hábito desde os tempos de seu pai. Beethoven ecoa por meio do coro de prisioneiros ao fim do segundo ato de *Fidelio*. Entre contas e panfletos de propaganda, encontra um envelope com seu nome manuscrito. Rompe o lacre com hábil manuseio do abridor de cartas e revela um convite já conhecido. Desta vez, a data cheia marca os quarenta anos do término do curso ginasial. As lembranças, dores e amores são inevitáveis e chegam sem esforço. O coro do toca-discos clama por liberdade, mas uma prisão de muitos anos ainda teima em lhe perseguir o espírito. Não pode dizer que a experiência escolar fora de todo prazerosa ou traumática. Tuvia Frenkel fora um garoto retraído, não por conta de timidez ou porque não tivesse o que dizer, mas por uma gagueira que se instalou ainda nos primeiros anos de sua vida. A família mudou de Budapeste quando ele tinha três anos. Muito das terras húngaras, Tuvia não se recorda. Já confunde insistentes relatos de seus pais com memórias que passou a imaginar serem suas. Nunca se soube ao certo se a gagueira se manifestara como produto da mescla de idiomas ao chegar no Brasil, por alguma razão psicológica, como o nascimento da irmã mais nova, Zsófia, ou mesmo fisiológica. Fato é que se transformou no seu martírio toda vez que tinha de se expressar em público. Perdia a confiança, embora possuísse as palavras que tardavam mais em chegar à boca do que fervilhavam em seu cérebro. As sessões com uma persistente fonoaudióloga conseguiram ensinar-lhe algumas técnicas, tanto para relaxar quanto para esconder as repetições que irrompiam em momentos estressantes. A que lhe pareceu tanto eficiente quanto menos embaraçosa foi a de colocar pausas, espaços seguros entre poucas palavras. Respirava em intervalos, por vezes coincidentes com vírgulas, noutras, fora de métrica lógica. Mas, não importava, o melhor era garantir que não empacasse ou emprestasse a sua ansiedade ao interlocutor embaraçado.

O convite faz suas mãos suarem e a mente ser transportada àqueles bancos escolares, nos quais a crueldade inconsequente dos colegas era esquecida por eles no fim de cada dia, mas não pelo garoto tartamudo, que mais e mais se fechava em seu mundo. Quanto mais Tuvia se mostrava bom aluno, tanto mais era perseguido. Tratava de falar o menos possível. Torturava-se quando os professores perguntavam algo que soubesse, mas não tinha coragem de levantar a mão e pedir a palavra. Ouvia, desolado, os colegas responderem bobagens ou o que para ele não era novidade. Por vezes, alguns professores o cutucavam e o faziam participar sem lhe dar outra opção. Respirava fundo e procurava acumular as palavras todas em um só fôlego. Ora funcionava e tudo corria bem, ora se engasgava, e as gargalhadas ou provocações corriam pela sala. Ainda que os professores admoestassem seus algozes, a ferida da vergonha estava lá, sempre aberta e vulnerável.

Vindo de uma casa na qual o estímulo aos estudos era presente de forma cotidiana, combinado a um espírito curioso como o de Tuvia, seu êxito escolar era celebrado pelo corpo docente e massacrado pela inveja alheia. Claro, nem todos o perseguiam. Tuvia tinha poucos, mas possuía amigos. Um pequeno círculo que contava dois ou três rapazes e uma só moça, que era a sua razão de suportar o ambiente hostil. Irene Pinsker guardava nos olhos pretos e cabelos escuros a compaixão de pessoa justa e generosa. Não suportava os ataques e vez por outra o defendia, arriscando sua própria imagem, não se importando em ser popular. Irene e

Tuvia mantinham o amor à música e as aulas particulares de piano em comum. Frequentavam ambos as práticas semanais na casa de Dona Olga, uma polonesa rígida que lhes ensinava e alimentava com bolos de mel, *latkes*, *babka* e outras iguarias, de acordo com o calendário judaico. Passaram a caminhar juntos, tanto na ida quanto na volta, ainda que o trajeto não fizesse qualquer sentido. Tuvia saía de sua casa, na vila da rua Prates, e passava pela porta do prédio de Irene, na rua Amazonas, para então regressar e seguir até à rua da Graça, onde as aulas ocorriam na sala de estar de Dona Olga. Tuvia até amansava o passo para fazer o trajeto lhe render mais tempo com Irene. Não podia pensar em outra coisa mais importante em sua semana. As ruas do bairro proletário exalavam outro aroma às terças-feiras, rescendiam à dama-da-noite no meio da tarde. Com Irene, a gagueira diminuía, embora não desaparecesse. Passados alguns minutos em sua presença, Tuvia relaxava e mantinha uma conversa em ritmo confortável, explorando temas que a ambos eram caros.

Levanta os olhos e percorre o ambiente que tem sido sua vida diária nos últimos muitos anos. Uma vida no porão. Procura o pai por entre os instrumentos de trabalho e as máquinas que lá já não estão. Sobrou o ruído que ainda o persegue na lembrança. O cheiro de óleo misturado a tinta e papel segue no ambiente ou em seu olfato afetivo. Desfizeram-se das máquinas que o pai cuidou e conduziu com maestria durante seus anos empreendedores em troca dos recursos para levar a família adiante, após o trauma de seu desaparecimento. O tipógrafo e impressor, Adolf na Hungria, Adolfo em São Paulo, calou-se aos quarenta e um anos, após um aneurisma cerebral. Fumante assíduo e portador de pressão alta, o rompimento causou uma hemorragia que o fez desmaiar na oficina da qual saiu para nunca mais retornar. Tuvia viu seu maior ídolo ser carregado sem saber que aquela era uma despedida.

Custou até que a dura imagem voltasse a ser substituída pelas doces lembranças de quem lhe ensinou o gosto pelas óperas, pela música clássica e pelo jazz. Toda vez que os traumáticos momentos passados junto a ele naquele porão lhe vêm à mente, busca a voz de tenor do pai cantarolando "Libiamo", de *La Traviata*, uma de suas árias preferidas. Um sorriso então lhe brota no rosto. Durou pouco sua passagem, mas Tuvia tem a certeza de que Adolfo foi feliz. É o que o consola.

As máquinas foram aos poucos substituídas por outros instrumentos. Em lugar de imprimir palavras e imagens, o porão passou a dar vida ao som. Tão logo Adolfo se foi, Tuvia teve de abandonar os estudos e agarrou a oportunidade para tornar-se aprendiz de afinador de piano. Foi o que encontrou naquele momento de dor para seguir próximo a algo em que se sentia capaz e também trazer algum dinheiro para a família. Observou, atento, algumas das visitas de Júlio, o afinador de piano de Dona Olga, e com ele desenvolveu uma relação estreita. Foi por meio dele que Adolfo conseguiu comprar um piano de segunda mão para Tuvia dar os primeiros passos no instrumento. Dessa negociação, surgiu uma relação entre ambos e suas famílias. Júlio era homem correto e confiável. Como muitos afinadores, havia aprendido o ofício de outro, sem ser um pianista ele mesmo. Tuvia visitava sua oficina já antes do falecimento do pai e se interessava pelo interior do piano e seu funcionamento; queria entender como e onde o som era produzido. Júlio, por sua vez, sentia-se orgulhoso de que um rapaz tão jovem se interessasse pelo seu trabalho. Em geral, entrava e saía das casas sem que sua presença fosse notada, a não ser pelos ruídos frutos de seu ofício.

Tuvia enche o peito, fecha os olhos e recorda com carinho o mestre Júlio. Dele, herdou tudo o que sabe, além dos clientes e instrumentos de trabalho. Júlio foi um professor paciente, que deu a Tuvia o que de mais precioso se pode querer na vida: um ofício com o qual sobreviver, uma ética de trabalho construída pelo exemplo e a alegria de encher o mundo de música. Até que Júlio se aposentasse, Tuvia frequentava sua oficina no bairro de Campos Elíseos, próximo ao Bom Retiro. Lá, aprendeu a restaurar pianos, construir peças e, sobretudo, afinar o instrumento. Cada vez que faz soar o diapasão, traz como referência não somente a nota Lá, mas a sabedoria de um homem que não terminou os estudos na escola, mas aprendeu com a vida. Os anos também silenciaram Júlio, mas sua voz rouca segue soando no ouvido de Tuvia neste porão que nunca foi por eles compartilhado.

Tuvia brinca com o papel em suas mãos e o apoia no feltro sobre a mesa. Lê, com um misto de sentimentos, o convite para o encontro.

"Tempo de celebrar. Vamos comemorar juntos os quarenta anos de nossa formatura no ginásio. Traga a família, fotos e alegria no dia 10 de dezembro de 1989, às sete horas da noite, na Cantina Ouro Branco, rua dos Italianos, 711."

Percorre cada frase, cada palavra, tentando encontrar uma razão para juntar-se ao grupo. O que exatamente teria para celebrar? A qual família se referem para levar, uma vez que não se casou e filhos não possui? Fotos daquele período, tem algumas, mas prefere esquecer. Alegria, será difícil de encontrar. Se houver, provavelmente não é com esse grupo que pretende compartilhar. A cantina, no entanto, ele sabe bem onde fica, e a frequenta quando resolvem reunir a mãe e a família da irmã. Repara, então, no rodapé do convite, o pedido de confirmação de presença e o número de acompanhantes, bastando ligar para um número telefônico e o nome da mesma pessoa que organiza esses encontros há anos.

Tuvia sabe que um grupo menor se encontra anualmente, porém, nas datas cheias de década, todos são convidados. Ele já recebeu e engavetou convites anteriores, sem nunca responder ou comparecer. Questiona-se, afinal, qual será a razão para ser lembrado a cada fim de década e mergulhar no costumeiro esquecimento durante anos? Este ano, entretanto, hesita em jogá-lo na mesma caixa que o aguarda em seu quarto, no andar de cima. Tem exatos trinta dias para pensar no assunto.

Despede-se de Verdi, ao desligar o aparelho de som, deixa a oficina no porão e sobe rumo ao seu quarto, a fortaleza onde deposita suas memórias e sonhos não consumados. No caminho, cruza a sala de jantar com o relógio de pêndulo vertical e o longo espelho em frente à mesa. Não pode deixar de se ver e refletir. Os cabelos seguem louros e encaracolados como quando era criança, embora iniciados em ponto muito mais alto na cabeça, acima de uma testa que foi extensa desde os tempos de garoto. Os olhos azuis intensos e sempre muito abertos continuam ávidos por trás dos aros metálicos dourados de seus óculos redondos. Não ganhou muito peso, afinal, sua atividade o deixa em forma por carregar pianos e caminhar muito durante o dia. Sempre que pode, prefere andar até clientes em lugar de usar transporte. Perde-se tempo, mas ganha-se vida. Não sabe ao certo por que acumula vida, mas desfruta das longas caminhadas, carregando uma bolsa na qual guarda os utensílios necessários para afinação e pequenos reparos no cliente. Só quando necessário, traz o piano para sua oficina. Tranca a porta atrás de si e busca a caixa onde se encontram todos os pertences relacionados ao colégio. Quem o conhece dirá: *"Tuvia é um sujeito organizado, obsessivo, quem sabe. Aprecia a ordem. Tem certo prazer estético na organização e catalogação"*. Encontra fácil tudo de que precisa quando procura. Rotinas são bem-vindas e desfrutadas, assim como sua quebra é motivo de sofrimento e angústia até que tudo volte ao lugar. Tornar-se afinador de pianos lhe veio bem, afinal, afinar é encontrar distâncias precisas.

A vantagem de viver no quarto da frente em casa de fachada elevada é a possibilidade de deixar as cortinas abertas sem ser importunado pela presença bisbilhoteira de vizinhos indesejados. Tuvia aprecia a luz que banha seu dormitório quadrado, composto de uma cama de solteiro e mesa de cabeceira, um armário de duas portas, pois vestuário não é propriamente sua preocupação primária, uma poltrona simples, mas confortável, na qual faz suas leituras sob a luz de um abajur de luz amarelada e quente. O tapete retangular surrado no centro do quarto mostra ares de um dia ter sido de um vermelho mais vivo, contrastando com o piso de madeira, que range aos passos imprecisos de Tuvia. Uma pequena mesa, cadeira e estante de prateleiras com muitas caixas etiquetadas completam o ambiente frugal do qual familiares e quaisquer outros que frequentem a casa especulam toda sorte de imagens. Levantam suspeitas que gravitam entre a falta de higiene e as atividades que Tuvia mantém em seu pequeno reino, uma vez que ele não permite sequer que outros se incumbam da limpeza.

Liga o rádio, enquanto busca a caixa correspondente aos seus anseios de arquivista. Estanca por um segundo e sorri para si, com certa melancolia. Reconhece o adágio final da *Sinfonia n.° 9* de Mahler. Reflete: onde será que tudo desandou? Em que momento sua vida saiu dos trilhos? Onde foi parar aquele rapaz de calças curtas, que sonhava em ser músico? Permite-se um pequeno preâmbulo e, antes de guardar o convite, divaga através da foto de família pendurada na parede. Adolfo é o primeiro que lhe salta aos olhos. Na imagem retratada já em terras tropicais, surge um moço alto, magro, de olhos claros, quase transparentes. Em pé, envolve com largos braços a pequena família que criou, tudo o que restou de seu sobrenome. A esposa, Eszter, sentada ao centro e sorridente, é ladeada por Tuvia, lá perto dos nove anos, e Zsófia, que contava algo próximo das cinco primaveras. Todos felizes, abraçados e seguros pelo protetor que os tirou de uma Europa hostil, à beira da irrupção da barbárie. Adolfo anteviu o que era óbvio a todos, mas não queriam enxergar. Buscou de todas as formas e conseguiu um visto para o Brasil, pouco antes da *anschluss*, através da qual Hitler anexou territórios vizinhos em 1938, em seu delírio do Império de Mil Anos. Adolfo nunca foi perdoado pela família quando decidiu ir embora, e tampouco se perdoou por tê-la deixado ficar em Budapeste, que assistiu, atônita, à instalação das leis raciais logo em 1939. Tudo o que restou dos Frenkel está ali, naquela foto. Os demais se perderam em campos de trabalho forçado, câmaras de gás e crematórios. A pequena poupança serviu para passagens de navio, subornos de todo tipo, uma alimentação precária e o reinício de vida em terra de idioma desconhecido e gente alegre. Se tivesse tardado pouco mais para sair, jamais teria conseguido imigrar para o Brasil, que logo fechou as portas aos desesperados apelos por absorção de tantos outros desafortunados.

Foi no Bom Retiro, acolhido por imigrantes e algumas mãos benevolentes, que refez sua jornada, oferecendo o que sabia e não sabia. O período de hospedaria na chegada ficou para trás em poucos meses, quando alugou uma pequena casa de dois cômodos na parte baixa do bairro. Mas o constante temor de inundações, aliado à melhoria em suas condições de trabalho, fez dar passos mais ousados. Trabalhou para outros em pequenas gráficas até que, por empréstimo, iniciou um pequeno negócio próprio, munido de energia e espírito empreendedor. Uma das famílias abastadas da comunidade aceitou comprar o imóvel na vila da rua Prates, 441, casa 4. Em seu porão, Adolfo instalou a futura gráfica e tipografia com a qual pagaria o imóvel, tanto com dinheiro, em suaves prestações mensais, quanto com serviços gráficos ao misto de industrial e filantropo, seu protetor. Muito antes do esperado, conseguiu quitar e passar para o seu nome o imóvel, que seria a salvação da família em sua falta inesperada.

O adágio é longo nas caixas de som e Tuvia foca o olhar em sua irmã caçula, enquanto permanece em pé, em frente ao retrato emoldurado. Aí está o motivo do desvio em sua rota. Não, ele não a culpa, mas sabe que a decisão de deixar o colégio logo após a partida de Adolfo foi a melhor opção, porque única. Eszter ainda não havia se transformado na modista que encantou lojistas e consumidoras da rua José Paulino. Naquele momento, ela ainda era mãe e esposa atenta, com foco em cuidar da casa e da prole. Os poucos e tímidos favores que fazia para patrícios, desenhando o que vira nas ruas de Peste, onde os jovens olhos passeavam nos bulevares do Danúbio, transformaram-se pouco a pouco em objeto de desejo das pequenas fábricas do bairro. Sem qualquer treino formal, armada de intuição e memória, reproduzia e criava peças para senhoras, em tecidos para todos os cortes e estampas. Enquanto esse futuro ainda estava por vir, Tuvia abandonou os estudos e partiu para o aprendizado com Júlio. Ainda teria alguns anos pela frente até que os frutos de seu aprendizado rendessem o suficiente para Zsófia cursar a carreira de odontologia. Uma profissão que demanda recursos, sobretudo para a aquisição de equipamentos e clientes capazes de pagar seus serviços dentários. Eszter buscou de todas as formas fazer com que Tuvia se mantivesse na escola e concluísse o secundário, mas não houve jeito. Tanto ela teve de se resignar com a necessidade de ajuda financeira quanto Tuvia demonstrava sinais de instabilidade. Sua gagueira voltou a ser uma constante e, Eszter já não se sentia com forças para brigar em batalhas paralelas sem seu parceiro de vida. A dor da perda não lhe deu espaço para luto. Tão logo o enterrou no cemitério da Vila Mariana, mergulhou em uma vida de trabalho, dedicada a sustentar os dois filhos e não se permitir tempo para autopiedade. Chorava sozinha na cama, quando estava segura de que Tuvia e Zsófia já descansavam em sono profundo. Optou pela decisão mais dura: apagar-se para reviver em seus filhos. Décadas de árduo trabalho e hiato de vida. Tudo isso viria a custar caro em sua saúde mental, que hoje é motivo dos cuidados diários de Tuvia.

Ao olhar para si no retrato, Tuvia tem dificuldade de reconhecer quem foi e imaginar quem poderia ter sido. Mais que isso, quem é. A sua identidade fluida não permite dizer em que instante realmente encaixou em seu ser, se é que isso já ocorreu em algum momento na vida. Hora, então, de depositar o convite em seu lugar, junto aos demais. Uma ponta de indecisão ainda o assalta. Nos anteriores, não houve qualquer titubeio. Enterrou no arquivo morto de sua memória escolar, para não pensar mais no assunto. Sabia os motivos pelos quais não gostaria de enfrentar aquela turma novamente e sua incapacidade de discorrer sobre o trajeto pouco convencional que o trouxera até aqui. Sempre temeu o reencontro com Irene, a quem não via desde uma tarde adolescente, na volta da aula de piano. Sem dúvida, era ela também quem agora suscitava uma reconsideração em seu desejo de ir ao encontro.

De volta à sala, encontra a mãe regando uma samambaia. Com um sorriso, ela o recebe enquanto conversa com o papagaio: "Zyssale. Você viu como cresce linda minha planta?"

O pássaro não faz mais do que apoiar seu pequeno peso em uma pata, depois na outra, seguidas vezes, enquanto grunhe algo indiscernível. Não tem um vocabulário extenso. Parece mais interessado em cantarolar as óperas que tanto escutou pela casa.

Esta já deve ser a décima pteridófita que Eszter afoga por excesso de água. A demência se instalou de tal maneira que ela simplesmente não se recorda da última vez que as regou. Tuvia, paciente e sorrateiramente, as substitui antes que ela perceba.

A idade, que até então nunca se notara, fez-se presente de uma vez. Não veio lenta, como se observa nas rugas ou no cansaço vespertino. Não chegou em prestações que se paga no início do mês durante longos anos. Nem sequer o cabelo, originalmente louro, teve tempo de converter-se em fios de prata. Manteve-se dourado, fruto das constantes pinturas que a sustentaram com a mesma aparência de antes. Não foram os sinais presentes, mas as ausências que marcaram a vinda da senescência. A audição, a memória, o senso de tempo e espaço, entretanto, tudo parece haver sido ceifado por um algoz oculto de um só golpe. Há dois anos, Eszter perdeu-se ao voltar para casa, retornando de um trajeto curto e conhecido. Havia ido comprar pão de cebola na rua Guarani, a três quadras de sua casa, quando não soube mais retornar nem por que estava ali. Com a sacola de pães na mão, foi saudada por Ivete, uma antiga amiga a quem teve dificuldade de reconhecer. Tampouco sabia ao certo quem ela própria era. Percebendo a confusão mental em que se encontrava, a alma caridosa a levou até a vila e só sossegou quando a entregou nas mãos seguras de Teresa, que preparava o jantar, só. Após oferecerem a Eszter um copo d'água, convenceram-na a descansar um pouco em sua cama. Talvez fosse o calor intenso, quem sabe. Entretanto, Ivete só se tranquilizou quando fez Teresa prometer que telefonaria imediatamente para a filha, Zsófia, e lhe retornaria com notícias, mais tarde, sobre o estado de Eszter. Tudo o que poderia ser fruto do efeito natural, do inexorável passar do tempo, a abateu como um raio singular. Até então, sempre fora uma mulher ativa e incansável. Já havia parado de trabalhar de forma diária há vários anos, porém ainda fazia pequenos consertos de alfaiataria, muito mais para se manter ativa do que para ganhar dinheiro. Era uma avó presente desde o nascimento da neta, sem falar no papel de mãe, que ainda exercia, não importando a idade de Tuvia e Zsófia, já adultos. Cozinhava em todas as ocasiões, fossem elas festivas no calendário ou para preencher o vazio deixado por Adolfo. Barrigas cheias traziam doces lembranças e conversas despretensiosas. Afastavam a tensão dos *tzures* que toda família carrega. Ficou somente com o gosto por comer, já que cozinhar não pode mais.

"Mãe, que roupa gostaria de vestir?"

"Vestir. Nós vamos sair?"

"Em uma hora... Arnaldo vem nos apanhar de carro... para jantar com ele e Zsófia... lembra?", emenda Tuvia, com espaços seguros entre palavras, para não as atropelar.

A pergunta é simplesmente retórica. É tão claro que Ezster não se recorda quanto Tuvia faz essas perguntas para fingir a normalidade que há muito deixou de existir. Ela não demonstra qualquer reação. Ainda mantém o reconhecimento de todos os familiares diretos, incluindo o genro, que será o chofer na saída de seu trabalho. As sextas-feiras têm se mantido na tradição familiar do jantar conjunto, mesmo com a mudança de endereço. Se antes sempre ocorriam na antiga casa da vila, com aromas e sabores especialmente preparados por Ezster, hoje têm lugar no apartamento de Arnaldo e Zsófia, no bairro de Santa Cecília. Descanso para Teresa, que não precisa cozinhar, e enfado para Tuvia, que terá de enfrentar mais um encontro com o cunhado que o suporta por não ter outra opção.

Ajuda a mãe a entrar no carro. Tarefa há pouco tão simples, hoje demanda atento acompanhamento para dirigi-la ao banco certo, baixar a cabeça, estender a perna para dentro do veículo, ou mesmo explicar algumas vezes onde está e para onde vão. Tudo passou a ser um grande esforço para aquele corpo robusto de baixa estatura. Os olhos entre verde e azul mantêm-se expressivos, apesar de se mostrarem vagos em diversos momentos, olhando através das pessoas e dos objetos. Eszter está ali, seu corpo pode ser visto, mas algo dela se desprendeu, já não está mais presente. Arnaldo é gentil e acompanha Tuvia para embarcar a sogra. O genro é o protótipo do rapaz ideal desde os encontros juvenis com Zsófia. Foi seu primeiro e único namorado. Estudaram juntos no Colégio Renascença e nunca mais se separaram. Arnaldo também nasceu no bairro e lá se criou. Desde cedo, ajudava o tio em uma fábrica de guarda-chuvas, na qual se estabeleceu como gerente em longos anos de dedicação e lealdade. É de lá que vem agora carregando o peso de sua existência em ombros que se descaem nas laterais de seu corpo atlético. Dependendo de quem e como se julga, pode-se dizer que ele é um sujeito coerente, fiel e prudente. Se visto por outros olhos, o mesmo Arnaldo poderia ser taxado de previsível, conservador e medroso. Mantém uma aversão ao risco. Sempre acha que algo de ruim está à beira de acontecer. O céu lhe parece frequentemente nublado, prestes a chover. Tem lá suas razões, entretanto. Perdeu um irmão mais novo ainda criança para a meningite. Presenciou a dor dos pais, que o acompanha até hoje, sobretudo quando se fez pai também.

Dá a partida no carro, cujo silêncio é interrompido após alguns minutos pelo noticiário. Arnaldo é daqueles que não gosta de música. Nenhum gênero. Há quem diga que se deve desconfiar de pessoas que não têm qualquer prazer em ouvir música. Prefere as notícias ligeiras do dia, ou mesmo a previsão do tempo, a escutar qualquer som que não seja algo útil, como está acostumado a justificar sua aversão musical. Arnaldo toma o caminho de Santa Cecília pela rua Silva Pinto, onde passa por baixo da linha do trem. Segue pela alameda Nothmann, nos Campos Elíseos, e vai em direção ao seu destino, na Albuquerque Lins, bem próximo ao Minhocão. É lá onde estabeleceu sua família quando deixou o bairro de sua criação. Há três tipos de famílias judias em sua relação com o Bom Retiro como morada: os que saíram sem sair, os que ficaram por opção ou falta dela, e os que se deixaram ficar. Arnaldo e Zsófia pertencem ao primeiro grupo. Uns tantos na segunda categoria, sobre os quais muito não há o que se dizer. Outros, como Eszter e Tuvia, definitivamente na terceira modalidade. Podiam ter mudado, podiam ter vendido a casa da vila e encontrado outro ambiente, mas como se acostumar a outro lugar quando tudo de que se precisa ou se habituou está logo ali? Como recriar a oficina de afinação de pianos em outro endereço? Como estabelecer um hiato entre os clientes de Eszter na rua José Paulino e qualquer outro bairro da cidade? Mas, então, como é que alguém avesso a risco e conservador como Arnaldo aceitou a mudança? Para isso, será necessário entender quem é sua esposa, Zsófia. A ela, as concessões atingem níveis que ele jamais diria ser capaz de suportar. O apartamento, cujo empréstimo do tio ainda custa a pagar, foi ideia da esposa, que desejava ascender. Não suportava mais o bairro onde nasceu, cresceu e estudou até se tornar dentista. Não bastassem os tempos de colégio, também concluiu seu curso universitário no edifício de farmácia e odontologia da Universidade de São Paulo, na rua Três Rios. Não era uma questão de arrogância ou nariz empinado, Zsófia enxergou que não poderia atingir clientes de posses vivendo num bairro de menor poder aquisitivo. Corajosa e confiante, convenceu o marido a mudar e alugar uma pequena sala no afluente bairro de Higienópolis, onde a maioria dos judeus egressos do Bom Retiro escolheu como destino para sua ascensão. Ambos, porém, ainda mantêm laços firmes com o bairro. Zsófia atende crianças uma vez por semana, de forma gratuita, na sede da Unibes, na rua Rodolfo Miranda. Além do trabalho, que o traz diariamente à fábrica do tio na rua Aimorés, Arnaldo frequenta o Balneário Maria José, onde faz sua sauna semanal com amigos do colégio. Zsófia visita a mãe nos dias de atendimento filantrópico. Já as visitas de Arnaldo aos pais cessaram no bairro, quando, ao perder o pai, viu-se obrigado a internar a mãe no *Moshav Zkenim* da Vila Mariana, após uma queda que a deixou sem movimentos autônomos. Arnaldo trocou então as visitas regulares ao apartamento onde foi criado pela hora e meia que passa com sua mãe no residencial todos os fins de semana.

O aroma vindo da cozinha de Zsófia já se sente do elevador. É um misto de canja, frango assado com batatas e alecrim. O sorriso da mãe ao ver a filha à porta faz Tuvia lembrar a razão pela qual suporta o encontro semanal com o cunhado. Nesses momentos, Eszter fala com os olhos. Nada mais precisa ser dito. Não importa que há menos de vinte minutos nem sequer soubesse o que fazia dentro do carro, ou mesmo que aquilo era um veículo. O declínio tem sido cada vez mais rápido em sua desorientação, mas o afeto segue intacto, assim como seu reconhecimento dos familiares. Todos aproveitam enquanto a matriarca os enche de abraços e alegria, embora muito não fale mais. Os irmãos cumprimentam-se com um abraço que parte de Zsófia e é recebido por Tuvia como se fora um manequim de loja. Segue com seus braços colados ao corpo e fecha os olhos, por não saber como reagir. Nada tem contra a irmã, sempre teve dificuldade com o contato físico. Fica mais confortável quando as pessoas mantêm certa distância, regra essa que é facilmente quebrada com gosto na companhia da sobrinha. O casal, por sua vez, segue a rotina de um rápido beijo de Arnaldo na testa de Zsófia, quando na presença de plateia. O respeito é público na sua relação, a intimidade deixam para si, presume-se. Após um rápido asseio de quem chega de um dia intenso na rua, Arnaldo convida todos à mesa. Não há preâmbulos no sofá ou conversa a ser jogada fora, sua vida é feita de propósitos claros e compromissos cumpridos à risca.

Os Frenkel nunca foram família de seguir rituais religiosos, a não ser o acendimento de velas às sextas-feiras, no cair do dia, o jantar conjunto de *shabbat* e poucas datas do calendário judaico ao longo do ano. Insistiram no Brasil com os hábitos dos *neologs*, que buscavam se integrar à cultura húngara. Já os Bergman mantiveram uma tendência ao tradicionalismo, que se refletia em obediência a regras alimentares, jejuns nas datas apropriadas e um conforto que os desobrigava a refletir sobre as razões pelas quais seguiam costumes cujas explicações lhes fugiam. Arnaldo, entretanto, orgulha-se de nunca haver sequer provado carne de porco em seus cinquenta anos. Escuta atento e olha admirado sua esposa ao fazer a bênção sobre as velas e a segue em voz própria, com outra bênção sobre o vinho e a *chalá*, antes de os distribuir entre os demais à mesa. Para evitar silêncios desconfortáveis, Arnaldo se levanta da mesa e ajuda a esposa, trazendo tudo o que há para ser servido de uma só vez. Antes, era costume servir a sopa, retirar todos os pratos, para então seguir o jantar com tempo, cada vez que uma delícia era trazida com surpresa da cozinha. Hoje, a sopa deixou de ser a introdução sociogastronômica que aquecia o corpo e a conversa, deixando a semana do lado de fora. Agora, vem em recipiente com tampa para não perder o calor, mas já não esquenta o ambiente ou divide o profano do sagrado. Misturou-se aos outros pratos.

"*Como vai o trabalho, Tuvia?*", pergunta a irmã toda vez que sente a necessidade de romper a barreira que se instalou na conversa entre os cunhados.

Após sorver um resto de sopa em sua colher, com certo tremor que recentemente se desenvolveu em sua mão, deglute meio *kneidale*, pouco antes cortado com cuidado para não espirrar na alva toalha da irmã. Toma fôlego e abre o diálogo na espera de que seja telegráfico.

"O mesmo de sempre, sem novidades."

"Deixa de ser ranzinza e me conta, vai."

"O que você quer saber... que já não tenha... contado semana passada?"

A prosa econômica de Tuvia pode ser taxada de fobia social ou medo de embaralhar-se com as palavras. Mas, naquele momento, talvez o motivo fosse mais simples. Não tinha o menor interesse em cumprir com o objetivo de sua irmã em refazer as relações com Arnaldo. Se estivessem a sós, quem sabe compartilharia mais. Entretanto, percebendo o desencanto da irmã e olhando para o desfile de pratos à sua frente, calcula o trabalho com que prepara o jantar e a acolhida. Cede, por fim, com mais um esforço de contato.

"Viver em São Paulo... tem suas vantagens... para um afinador de pianos. O clima muda... a cada instante, e os pianos desafinam. Trabalho não falta", termina a fala como se exausto após um discurso de posse.

Absorto à conversa, Arnaldo mantém seu foco no prato e sua reposição com tudo o que há na mesa. Eszter segue firme, comendo com autonomia, que a doença ainda não lhe roubou. Por onde seu pensamento caminha, porém, é objeto que a ciência ainda não sabe explicar.

Entre perguntas sobre o número estimado de pianos na cidade e clientes atendidos na semana, o jantar corre como de costume, uma estratégia de colar a relação que se quebrou de forma tão delicada quanto solda em porcelana chinesa. Às tentativas fracassadas, sem jamais desistir, Zsófia responde com a oferta de uma compota de maçã, damasco, uvas-passas e ameixas-pretas sem caroço, servidas com café, chá ou licor, segundo a preferência do comensal.

Ao regressar do banheiro, é Eszter quem traz o assunto tabu de volta ao centro das atenções, evitado durante toda a noite. Passa do corredor à sala e toma em suas mãos um retrato de Beatriz ainda em seus anos de criança. Nele, se veem os cabelos ruivos e olhos verdes da única filha, única neta, única sobrinha, em olhar sorridente à câmera.

"A que horas chega a Bia?", pergunta Eszter.

"Boa pergunta, Dona Eszter. Quem sabe, Rebe Tuvia tenha alguma ideia em sua extensa sabedoria", troveja Arnaldo, da cabeceira da mesa, único lugar onde pensa exercer seu reinado.

"Arnaldo, por favor, não vamos começar novamente", intervém Zsófia.

"Olha que coisa linda, minha *bubele*", volta à carga Eszter, alheia à tensão que se armara no ambiente para a sobremesa, que nem sempre é doce.

Um piscar incessante de olhos, tiques faciais e movimentos bruscos de cabeça sempre acompanharam a gagueira de Tuvia em momentos de conflito. Ao sentir-se pressionado, reage com o corpo, evitando que a língua o traia. Quem sabe se a fala não seria menos percebida do que os gestos que revelam seu descontrole.

A relação entre tio e sobrinha sempre foi próxima. Desde seu nascimento, Beatriz afeiçoou-se a Tuvia sem qualquer outra razão que não o espontâneo conforto ao seu lado. Com ela, Tuvia desenrola a língua e é capaz de expressar seus mais ocultos sentimentos de afeto ou ideias de uma razão que outros duvidam ter. Bia passou muitas tardes na oficina do porão e com o tio pegou o gosto pela música erudita, completamente ausente de sua casa. Ao completar onze anos, Tuvia a levou pela primeira vez a uma ópera. Afinar pianos de gente importante tem seus benefícios. Tuvia acostumou-se a circular pelo Theatro Municipal como quem está em seu próprio ateliê. Além de diversos maestros e compositores como clientes, construiu uma carteira de professores de música, profissionais do meio e amadores de fins de semana, bem como salas de concerto e estúdios de gravação. Se, por um lado, a dificuldade na fala lhe trouxe dissabores na vida, por outro, mostraram-se um valor entre músicos que o acolheram em seus ambientes privados e nele encontraram um sujeito discreto, reservado, com a técnica apurada necessária para permitir que os instrumentos entregassem o que de mais próximo há da justeza do som.

Bebê, como Tuvia chama a sobrinha, é a forma como se dirige a ela por suas iniciais, Beatriz Bergman, embora todos imaginem tratá-la ainda como a criança que vivia próxima de seu colo. *Aida*, de Verdi, foi a primeira escolha de Tuvia, na direção competente do maestro Diogo Pacheco, em 1975. A ela, sucederam-se outras muitas apresentações que se tornaram uma tradição da dupla tio-sobrinha. Por ocasião dos aniversários de Bia, ele a presenteava com uma ida ao Municipal para assistirem a uma nova peça da temporada, seguida de refeição de sua escolha nalgum restaurante pelo centro ou próximo de casa. Assim viram *Turandot* e *La Traviata*, em 1976, *Fidelio*, em 1977, *Tristão e Isolda*, em 1978, *As Bodas de Fígaro*, em 1979, e a lista segue. Mas, naquele momento, Bia já estava completamente absorvida pela cena lírica, ainda que em idade jovem, assim como havia marcado para sempre sua estreita cumplicidade com um familiar que compreendia seus gostos, certezas e temores. Se dependesse de Arnaldo, como muitos pais zelosos, Bia jamais cresceria e se tornaria independente. Mas o futuro não lhe daria esse presente como opção. Bia, aluna dedicada que sempre foi, deixou o mesmo Renascença de seus pais para ingressar na Faculdade de Arquitetura e Urbanismo da Universidade de São Paulo. Seu senso estético veio acompanhado por um forte desejo de integração de arte e técnica. As sementes da música deram um broto inesperado. Bia terminou o curso após estágios bem-sucedidos, projetos elogiados e emprego garantido para uma promissora carreira de arquiteta, e largou mão de tudo para perseguir outro rumo. Dois anos atrás, pouco antes da manifestação da doença da avó, Bia comunicou aos pais que estava de partida para Londres. Havia decidido passar uma temporada na Europa, onde estudaria cenografia. Desejava conhecer as técnicas que transformavam os espaços cênicos por meio do uso de objetos, luz, figurino, cores, texturas, som, enfim, queria passar para o lado de lá do espetáculo. Assim como seu avô, que nunca conheceu, e o tio, que conhecia bem, decidiu mergulhar nos intestinos da arte. Enquanto Adolfo criava produtos editoriais ao manejar robustas máquinas impressoras sem nada escrever de próprio punho, Tuvia enseja a música tocada por outras mãos. Claro que Bia não tinha consciência, nem sequer pensou nessa costura vocacional. A sua própria lógica interna era a integração das múltiplas artes para aguçar e satisfazer a todos os sentidos. O curso poderia ser aplicado em salas de teatro, produções para cinema ou televisão, até mesmo cenografia para bandas de rock, mas o que ela queria mesmo era estar próxima das produções operísticas que lhe eram caras ao coração.

Se os ciúmes já eram presentes na relação de Bia com Tuvia, quando ela deu a saber que se mudava, Arnaldo perdeu a linha e imediatamente culpou o cunhado por tê-la introduzido a um universo inútil de artistas, que só a desviavam da brilhante carreira que a aguardava como arquiteta. Para ele, arquitetura nada tinha a ver com arte. Sempre teve dificuldade em relacionar algo tão concreto, como casas e edifícios, com obras de arte; para ele, somente peças de museu e coleção. Todos os temores de perder Bia lhe vieram à mente, imaginando sua menininha desprotegida pelas ruas londrinas e não a mulher segura, dona do próprio nariz, capaz de defender argumentos de forma eloquente, em que se transformara. Ainda tentou ameaçá-la com a cartada que jamais devia ter usado, o dinheiro. Encheu o peito e disparou:

"E como é que a artista pretende se sustentar? Quem é que vai pagar esse cursinho de casa de bonecas?"

O tiro voltou com olhos tingidos de vermelho em volta do verde cada vez mais brilhante. Bia, sem perder a compostura ou levantar a voz, comunicou que não somente havia feito as economias necessárias para a viagem, os primeiros meses de estadia, mas também a parcela inicial do curso. O restante viria com trabalho que pretendia conseguir em qualquer oportunidade que se apresentasse. Ainda não contente, Arnaldo ofereceu seu arsenal conservador, mostrando que não conhecia mais aquela moça que tinha diante de si.

"No meu tempo, a gente estudava à noite para trabalhar de dia. Você está indo pelo caminho inverso. Vai estudar de dia para trabalhar na noite."

Na cabeça da geração de Arnaldo, sobretudo vindo de uma casa como a sua, trabalhar na noite, vida de artista e outras expressões do gênero não eram propriamente o sonho de realização para uma filha. Após conversas longas com a mãe, Bia engoliu a ignorância machista do pai sob a alegação de que essa era sua forma de proteger e amar sua única filha e lidar com os demônios que habitavam suas insônias. Assim foi que, num sábado à noite, a família embarcou Bia, sem a presença do tio. O atrito entre cunhados havia impedido que ele a acompanhasse ao aeroporto e tardou algumas semanas até que Arnaldo aceitasse a presença de Tuvia de volta em sua vida. Perdão, todavia, não houve entre filha e pai, ou entre cunhados. Com os primeiros, a relação estava momentaneamente afastada por continentes de distância, enquanto os outros eram obrigados a conviver em proximidade geográfica e pela insistência de Zsófia, que se acentuou uma vez que Eszter adoeceu.

Suportava Tuvia a pedido da esposa, mas explodia toda vez que Bia ressurgia na conversa. Sofria mais quando pensava não haver construído com a própria filha a relação que aquele tio problemático fora capaz. A compota fora objeto de desejo de todos, mas de consumo mesmo só por Eszter, que não chega a se dar conta da celeuma. Tuvia volta ao seu costumeiro silêncio e confabulações internas. Arnaldo embrenha-se na área íntima da casa, não para matar a fome do corpo, mas a raiva de seus infortúnios.

"Fique longe dela, é só isso que te peço", é a única coisa que diz antes de sumir no escuro do corredor.

Não há despedidas, e Zsófia entende que o regresso ao Bom Retiro só será possível se ela os levar de volta com o carro da família. O trajeto na noite de sexta-feira leva em torno de quinze ou vinte minutos, tempo suficiente para que Zsófia se desculpe com o irmão, sem que entre em detalhes diante da mãe. Alega pressões no trabalho, preocupações com dinheiro e as saudades da filha. Tuvia assente de leve e suspira longamente. Zsófia entra na vila e os deixa na porta de casa, não sem antes abraçar ambos e entregar o famoso *pekale*, com sobras do jantar para o dia seguinte.

À entrada de volta no apartamento, Arnaldo aguarda a esposa, envergonhado pela cena, mas orgulhoso e incapaz de pedir-lhe desculpas. Claro que aquela não fora a primeira vez que os cunhados discutiram sobre a partida de Bia. Tampouco teria sido o primeiro diálogo ríspido entre ambos, por isso Zsófia adotou um tom amistoso, quase maternal, em sua reentrada. Era pessoa de resolver, não criar novos problemas. Em poucas trocas de palavras, entendeu-se que havia outros motivos para que o vulcão entrasse em erupção por conta de um pequeno estímulo. Arnaldo sofria calado com o fato de sua esposa progredir na carreira e ganhar os recursos sem os quais a vida da família seria insustentável. Vivia estagnado profissionalmente há muitos anos. Era objeto de confiança de seu tio, sem dúvida, e entregava um trabalho digno. Mas quão significativa era sua vida, o quanto sua contribuição para a humanidade por meio do trabalho era sentida, ou para sua própria felicidade, isso já ficava mais difícil de defender. O técnico comercial que fez após o colégio foi o máximo que atingiu academicamente. Seu trabalho foi arranjado, por assim dizer, de favor dentro da família, quando ficou evidente que teria problemas em conseguir emprego sozinho. Nunca foi ambicioso, mas esperava que a vida em família e a estabilidade do trabalho trouxessem resposta a todas as perguntas que nem ele mesmo se fazia. Poderia ser a crise dos cinquenta, mas o fato de sua filha desaparecer de seus cafés da manhã e fins de semana era demais para aguentar. Pouco contato era mantido desde que Bia se fora, de quem tinha notícias por Zsófia. Uma correspondência regular era mantida entre a filha e o tio, mas disso ele não sabia, e é provável que não pudesse suportar. Nas poucas vezes em que Zsófia e Bia se falavam pelo telefone, Arnaldo ficava próximo, esperando que a filha o chamasse ou por uma brecha, por meio da qual se oferecia para dar um alô. A conversa entre ambos durava alguns segundos, talvez um par de minutos. A rotina de *"Você está bem?"*, *"Precisa de algo?"*, terminava com um *"Cuide-se"*, que era o máximo a que o pai chegava. Queria mesmo era ser capaz de dizer: *"Estou louco de saudades... desculpe-me... como anda o curso... quando nos vemos?"*. Mas uma trava que se instalou entre ambos não se abria. Bia, vez por outra, ao perceber quão sem jeito o pai ficava, lhe abria a guarda e dirigia palavras mais calorosas. Ele lhe agradecia a ligação e repetia o seguro *"cuide-se"*. Definitivamente, Arnaldo não frequentou a escola do afeto, ou as aulas de construção das relações. Suas intenções eram compreendidas por Zsófia, a única capaz de ver além de sua truculenta objetividade. Era óbvio que amava a filha, tanto quanto essa lhe retribuía o sentimento, mas daí a encontrar o código de comunicação que expressasse o nobre e simples amor entre pai e filha... isso era tarefa que não estava ao seu alcance. Comia-lhe as entranhas a incapacidade de quitar a dívida do apartamento com o tio com o fruto exclusivo de seu trabalho. Enxergar sua companheira de vida como parceira na compra do imóvel próprio era o atestado de seu fracasso como profissional e como homem. Não pagava aluguel como seus pais fizeram a vida toda e, a bem da verdade, se aproximava da quitação do apartamento de Santa Cecília. Mais alguns anos e tudo estaria resolvido, mas graças à energia e ao trabalho incessante de Zsófia no consultório. Ao mesmo tempo, envergonhava-se de haver colocado a própria mãe no *Moshav Zkenim* e não ser capaz de cuidá-la como Tuvia fazia com a sua. Mais de uma vez, a conversa com Zsófia esbarrou em uma potencial ida de Eszter para o lar de idosos, eufemismo de asilo, e um rearranjo de Tuvia para a venda ou aluguel da casa da vila, o que traria certo conforto financeiro para quitar o apartamento. Uma nódoa vexatória manchava a honra de Arnaldo por, a um só tempo, sentir-se menos do que Tuvia no cuidado materno e por desejar se apropriar dos recursos vindos da propriedade, ao custo da institucionalização de Eszter. Mesmo que por alguns segundos, quando vinham os pensamentos de que Eszter nem sentiria a diferença por não saber onde estava, Arnaldo era povoado por palavras que o classificavam como um sujeito deplorável, insensível, oportunista, interesseiro, ingrato e por aí caminhava, até desistir da ideia. Zsófia, por sua vez, apesar de pessoa prática, ainda que a opção pudesse ter algum fundamento, nutria pela mãe uma afeição que a fazia ser incapaz de abandonar a matriarca em um lar, por melhor que a instituição fosse. Sentia a obrigação de zelar pelos últimos verões de Eszter, muito embora quem cuidasse do seu cotidiano fossem mesmo Tuvia e Teresa, que ela ajudava a pagar. Quando o assunto surgia na conversa entre ambos, Zsófia, de forma sensível, serpenteava entre defender seus valores de cuidados com a mãe e não criticar a opção de Arnaldo com a sogra. No caso dela, ainda havia uma dívida de gratidão com o irmão, que não era partilhada pelo marido. Arnaldo, ainda que admitisse a importância do sacrifício de Tuvia e a forma como sua entrega fora determinante no futuro de Zsófia, não estava disposto a dar o braço a torcer.

De discussões financeiras ou de herança a preferências por uns em detrimento de outros, no fim, as famílias se desentendem por questões similares, só mudam de endereço. Humanos fogem, mas as ocasiões os alcançam. Ambição, inveja, ciúmes, raiva, mesquinhez, vingança e outras sombras os perseguem até encontrá-los, basta que a presença de um elemento conflituoso surja para fazer aflorarem os sentimentos dos abismos mais profundos. A escassez, por sua vez, tende a ensejar a solidariedade. Mais se observa o compartilhar na falta do que o dividir na abundância. A lógica diria que partilhar quando se tem muitos recursos seria mais simples do que na falta deles, afinal, como distribuir quando pouco se tem? Mas a natureza do sentimento de posse não tem nada de lógica. Em geral, é na ausência da razão que os sentimentos ficam livres para brotar.

As luzes de Santa Cecília se apagam. Arnaldo não muda o juízo sobre Tuvia. Eszter segue vivendo na casa da vila, mesmo sem saber que lá se encontra. Bia, distante, persegue seu sonho profissional. Zsófia, paciente e apaziguadora, retira o exército de campo. Há muito se deu conta de que as batalhas podem ser ganhas ao criar o vazio entre oponentes e preenchê-lo de tempo. Tuvia retorna à reclusão de seu forte, após colocar a mãe para dormir no quarto ao lado. Foi-se o tempo em que o caminho era inverso. Envelhecer é esperar que outro apague a luz.

Capítulo 2

Sábado. O Muro de Berlim caiu na última quinta-feira. O Brasil amanheceu em meio às discussões entre Collor, Lula e outros rostos há muito conhecidos no primeiro turno da eleição presidencial de 1989. A Ditadura havia chegado ao fim anos antes, em 1985, e uma nova Constituição estava em vigor desde o ano anterior, mas presidente eleito por voto popular direto já não se via subindo a rampa do Planalto há várias décadas. Não que uma eleição direta fosse sinônimo de democracia, mas o país precisava da ilusão de escolher, como se isso de fato fosse o exercício da autodeterminação de seu destino. No ritual da rotina, que é sua região de maior conforto, Tuvia rompe a manhã com um café com leite em copo americano, molhando o pão com manteiga, que se desfaz com o calor. De lá, é sorvido com uma colher sem o menor pudor com o ruído gerado a cada movimento levado à sua boca. Está só à mesa da sala de jantar. É cedo ainda, e a mãe dorme no reino dos sonhos onde ainda é lúcida. A vila ainda não dá ares de haver despertado para o fim de semana. O papagaio madrugador, para quem tanto faz se hoje é

Carnaval ou um dia qualquer na folhinha, acompanha seus gestos econômicos chamando-o pelo nome, mas Tuvia já está absorvido pela leitura do jornal, onde acompanha essas e outras daquilo que o mundo denominou notícias. Alterna entre as questões de hoje nas manchetes diárias e as questões de sempre na dose diária de literatura. Tuvia é como a tartaruga marinha que sobe vez por outra à superfície para tomar ar. É lá onde está sujeita às marolas que banham a carapaça rígida, o vento que lhe arranha os olhos molhados de sal do mar e da vida. É seu contato regular e necessário com a impermanência, aquilo que passa em segundos e do qual não se lembrará, para logo voltar às profundezas, no escuro oceano atingido por longínquos raios de sol, onde o movimento é mais lento e frio. A mídia diária flutua na superfície das ondas, cria espuma ilusória de relevância no cotidiano, mas é arrastada pela correnteza caudalosa e invisível do oceano da história que corre mais abaixo. A literatura, a música ou a arte em geral fazem caminho inverso. Como a tartaruga, tomam ar na superfície, antes de mergulhar no submerso e criativo universo do mistério. O artista vive o mundo e de certa forma antecipa tempestades e calmarias que ainda estão por vir. Por vezes, até as incita, em movimento frenético ou pequenos estímulos imperceptíveis, mas a garantia da longevidade, a que muitos chamam de clássico, só ocorre no silêncio do abismo aquoso, onde o tempo passa em outro ritmo e se confunde com a eternidade. Alguma razão há de haver para que Barenboim vá reger Beethoven e Mozart amanhã, domingo, quando a Filarmônica de Berlim vai presentear os moradores da Alemanha Oriental com um concerto de unificação e não a lambada que povoa as rádios deste ano e será engolfada no esquecimento. A notícia que Tuvia lê é o golpe de ar diário, o fio terra para manter-se no mundo. Mas, com um alento, lê a notícia e volta para as profundezas, munido do que necessita para encher o pulmão da consciência por mais um tempo antes do próximo respiro. Nada disso fez Tuvia alterar a rotina de seus compromissos. Havia prometido afinar um piano da Sala Guiomar Novaes, na Funarte. Perseguia objetivos mais modestos do que unificar as Alemanhas, mas não menos relevantes.

    Uma leve batida na porta e Tuvia se levanta, não sem algum esforço. Nos últimos tempos, um enrijecimento vinha lhe tomando os membros em determinados momentos do dia, mas desapareciam assim como haviam chegado. O horário confirma as suspeitas. Um rapaz jovem vem, a pedido do professor Abrão, para que complete o *minian* na sinagoga, caso contrário, os enlutados não terão como rezar o seu *kaddish* e a Torá não poderá ser lida. Não é sempre que isso ocorre, mas, com uma emenda de feriado próximo por ocasião das eleições, muitos correligionários viajam e outros tantos aproveitam para dormir até mais tarde. Sabedores de que Tuvia não somente acorda cedo, como vive na vila em frente, arriscam o trajeto em busca de sua generosidade, que tem menos a ver com motivos religiosos ou sociais e mais com o diálogo teológico-existencial interno. Tuvia toma as poucas idas à sinagoga como um trabalho etnográfico de campo, um estudo antropológico de sua gente, embora não se sinta totalmente parte dela. Sem que palavras sejam trocadas, com um breve aceno, Tuvia fecha a porta atrás de si e caminha os poucos passos que dividem a sua vila sem nome e a outra em frente, onde se encontra o pequeno templo, que todos carinhosamente chamam de *Shil* da Vila. A rua Prates separa as duas vilas tão próximas.

    Uma breve troca de olhares é suficiente para Tuvia receber a gratidão do professor Abrão, que serve sua comunidade sem ser rabino. É um misto de oficiante dos serviços religiosos, consultor para assuntos judaicos, professor na faculdade Renascença na mesma Prates e de *bar mitzvah* em seu apartamento, ali próximo, na rua Bandeirantes. Auxilia as famílias desde o nascimento com cerimônias de circuncisão e a atribuição de nomes às meninas, até o acompanhamento à última jornada, quando uma morte é comunicada. Caia tempestade ou venha uma eleição, lá estão ele e Hersch, seu já idoso pai, em uma das mais antigas sinagogas da cidade, para facilitar a conversa com o divino. Tuvia se senta em um canto, não é afeito a protagonismos. Recusa a oferta de um livro para acompanhar as orações, não porque não saiba ler, afinal, foram anos de estudos judaicos e do idioma hebraico. Prefere ler o ambiente e os frequentadores. Tampouco está seguro de que haja alguém ou algo a quem dirigir aquelas palavras. É homem de muitas dúvidas e poucas certezas. Seus rituais cotidianos obsessivos bem que poderiam ser compreendidos como uma espécie de religião, mas atêm-se ao incômodo que a desordem lhe provoca, não têm nenhuma intenção metafísica. Nem sempre foi assim, no entanto. Tuvia já oscilou seus momentos de fervor religioso com a descrença absoluta. É uma evidência viva que comprova a teoria física dos pêndulos.

Paradoxalmente, os extremos do pêndulo estão mais próximos entre si do que do centro, por onde passam até atingir o lado oposto. Contraria a lógica e a observação material, porém, quando tomado pela perspectiva do comportamento humano, soa mais que óbvio. Observa-se em indivíduos violentos que se convertem em devotos, quase santos, após evento de epifania inexplicável. Também há os que fazem caminho inverso, deixam a vida monástica e abraçam o dionisíaco com fervor. Outros oscilam entre a vida sedentária e autoimposição de correr uma maratona em algumas semanas; a lista é imensa de pessoas que saem de um extremo e chegam rapidamente ao outro, pelo simples fato de não estarem em equilíbrio. Do mesmo jeito que foram, podem e certamente voltarão ao outro extremo. É só uma questão de tempo e estímulo ou tentação.

Os seres mais serenos que habitam o centro do pêndulo têm a tendência de não se mover a nenhum dos extremos. Tuvia não faz parte desse último grupo. Ainda que a família não flertasse com o componente religioso da herança judaica, Tuvia já experimentou momentos de dúvidas profundas e necessidade de respostas que buscou nas Escrituras e nos ritos. Como vieram, foram-se. Caminhou de volta rumo à solidão, que é companheira fiel.

O que mais o incomoda, de verdade, é a desafinação geral quando os cânticos invadem o serviço religioso. Tuvia prefere as grandes orações silenciosas aos guinchos e grunhidos que ecoam pelo ambiente. Observa, curioso, os semblantes ao redor. Sabe que há pelo menos duas mulheres no andar de cima, pelo ruído da conversa mais do que pela participação ativa do rito. Sabedor de que a Tuvia não agrada ser convidado à leitura pública do livro sagrado, Abrão aguarda o fim da porção semanal e a ele dedica uma oração por sua saúde e a dos familiares. Evoca seu nome e o de sua mãe, sem que Tuvia tenha de se mover de onde estacionou o ser. Um rapaz próximo dos vinte anos recita a oração de luto ao receber o sinal de Abrão, que o ajuda em um livro de palavras transliteradas cujo significado desconhece.

Já o afinador de pianos, filho do tipógrafo e impressor amante de óperas, construiu sua ética em um cotidiano de trabalho com fundo musical. A estética transformou-se no campo sagrado de sua religião. A harmonia entre música e literatura cimentou o templo em que decidiu habitar. A luz que penetra na grande janela lateral ilumina as reproduções dos murais de Chagall em pequenas molduras de madeira na parede. Tuvia é absorvido pelas vivas cores, que desfilam pelas tribos de Israel. O amarelo de Naftali com seu carneiro, o vermelho no mar de Zevulun, o azul de aves, peixes e flores de Reuven, o verde de oliveiras em Asher, todos os nomes das doze tribos estão ali representados. É na natureza onde sente o sagrado. Não a enxerga como algo fora de si, mas sente-se parte dela. Tem mais facilidade em se conectar com o pai falecido olhando para essas imagens do que acompanhando rezas que pouco o tocam. Esse panteísmo herético espinoseano já foi motivo de reflexões carregadas de culpa em tempos passados. A memória do ruído das máquinas impressoras mesclado ao odor forte da gráfica são os veículos que transportam Tuvia mais facilmente ao encontro do pai. É da imanência bruta que brota a transcendência, quando ele deseja revisitar Adolfo.

O serviço religioso de sábado é mais longo. Dura o suficiente para, ao término, Tuvia recusar o convite de sentar-se à mesa e compartilhar uma refeição e o *lechaim* com os demais, sob a pena de chegar atrasado em seu compromisso profissional ou de manter o contato social que tanto evita. A saída da sinagoga faz seus olhos se fecharem diante de tanta luz. Exatamente a meio caminho entre o *Shil* da Vila e sua casa, na esquina onde se inicia a sua própria vila, está a sede da *Chevra Kadisha*, a sociedade sagrada que se incumbe dos enterros e cemitérios judaicos. Não pode ignorar a ironia de que a morte está entre sua casa e a casa de orações. Não se sabe se virá quando rumando para uma ou para outra. Mas é certo que o abraçará em algum momento.

Nos últimos tempos, Tuvia tem dedicado suficiente energia para pensar na sua eventual partida antes da sua mãe. Nunca deixou de pensar na morte, desde que ela visitou sua casa de forma tão precoce. Entretanto, se antes ela era objeto de reflexões sobre a fragilidade da vida, já se vão anos em que a incluiu em seus questionamentos sobre as razões de estar vivo. Toda vez que escuta a oração dos enlutados, encanta-se com a ideia de que não mencione a morte. Ao mesmo tempo, clama por um manual que lhe dê sentido à vida. Tem dificuldade de encontrar seu lugar, de encaixar-se. Vive com a sensação de que destoa, de que sobra. Nesse curto trajeto, que não dura mais que dois ou três minutos, apalpa no bolso o pequeno objeto metálico que carrega consigo para onde quer que vá e se pergunta qual será o Lá do mundo. Onde encontrar um diapasão que dê referência para seu ajuste? Toda vez que Tânatos vem lhe povoar a mente, um pavor se instala ao pensar que Eszter ficará sem os cuidados necessários ou terminará os dias no asilo, como a mãe de Arnaldo. Mais uns passos e, à direita da vila, o portão vem salvá-lo.

O intervalo dentro de casa é curto. Suficiente para uma corrida à oficina, a fim de apanhar a bolsa onde as ferramentas, os lubrificantes, o feltro e outros apetrechos estão, saudar brevemente a mãe, sentada à poltrona, absorta em um banho de sol, e voltar à rua. Para evitar a aglomeração de sábado pela José Paulino, Tuvia toma a Ribeiro de Lima até a rua da Graça, e dobra à esquerda na Silva Pinto. Movimento há, mas não se compara ao formigueiro de gente em busca de pechinchas. Tuvia é sujeito de rotas vicinais, não toma ruas principais. Passou sob o mesmo viaduto na noite anterior, quando Arnaldo os levou de carro. Desta vez, porém, está só e a pé, como prefere. Tem tempo para pensar enquanto caminha. Dali, é uma reta só pela Nothmann, até chegar à Funarte, onde o piano o aguarda.

À chegada, Tobias, como o chamam no meio profissional, é recebido como gente da casa. Tuvia provou-se um nome difícil de pronunciar e guardar em ambientes extracomunitários. No princípio relutou, mas, após vários momentos embaraçosos em que viria a ser chamado até de Tuba, decidiu abraçar Tobias, encarando-o como se fosse um nome artístico. Morava numa vila sem nome, apenas um número que saía da rua principal, combinado ao número da casa. Seu próprio nome tinha de ser outro, porque complicado demais. Dos menores aos mais significativos atestados de identidade, Tuvia já não sabia mais quem era.

Dispensa apresentações ou documentos e adentra a instituição. Já sabe o caminho, sem que ninguém precise conduzi-lo, a não ser quem lhe virá abrir a porta do local onde repousa silente o piano para iniciar o trabalho. Diferentemente de outros países, a tarefa de cuidar de um piano no Brasil é feita por um generalista. Se em outros lugares cada etapa ou processo tem especialistas, a escassez de profissionais fez com que se transformassem em clínicos gerais do instrumento. Em hora e meia a duas, dependendo da gravidade do paciente, o doutor afinador o coloca de volta em plena situação de uso para ouvidos apurados e exigentes. Se contado o deslocamento numa cidade como São Paulo, que pode demandar atrasos por conta de engarrafamentos, um afinador não tem a possibilidade de fazer mais do que três ou quatro instrumentos em um dia, em diferentes endereços. Isso não quer dizer que ganhe pouco pela atividade. Dado o número reduzido de profissionais, ele tem trabalho de sobra, tanto pela pequena concorrência quanto pela abundância de pianos. Tuvia avalia a afinação e as condições gerais de cada instrumento e a eles dispensa a manutenção necessária. Assim como o corpo humano, um piano é um sistema complexo, com milhares de peças e engrenagens, algumas visíveis, outras tantas escondidas no interior de uma intrincada peça que une a precisão da engenharia à arte de mestres apaixonados. É símbolo da Revolução Industrial do século XIX e representa a passagem de um mundo artesanal, produtor de cravos que pinçavam alguns poucos nobres afortunados em seus salões, para a percussão de múltiplos públicos capazes de comprar um produto produzido em série.

Tuvia foi treinado nos mais variados tipos de piano, procedência e idades. Dos verticais aos de cauda, dos antigos com menos oitavas, feitos de ébano e marfim, aos ultramodernos, com peças sintéticas e cordas de aço, Tuvia foi apresentado a tudo, desde os tempos do mestre Júlio até às fábricas que visitou. Uma coisa, no entanto, não mudou. Nada de afinação à máquina. Tuvia foi treinado tanto no ouvido quanto nas técnicas matemáticas para encontrar o lugar certo de cada nota. Bate em seu diapasão, encosta-o junto ao interior do piano e faz soar a nota Lá no meio do piano, como se ouvisse o "trinta e três", que médicos da antiga ainda pedem que seus pacientes digam após respirarem fundo. Daí em diante, é um trabalho paciente, separando cabos com feltro, afinando cada nota em particular e seus conjuntos agudos e graves. Com a ajuda de uma chave girada em sentido horário ou anti-horário, ora aliviando, ora aumentando a tensão dos cabos da cravelha à tampa harmônica, a alma do piano, Tuvia encontra o lugar certo de cada nota. Vistoria e dá manutenção em alavancas e martelos, e por aí vai. Quem vê de fora não imagina a quantidade de articulações. É como presenciar uma dissecação em corpo cujos órgãos ficam à mostra para serem então fechados e voltarem à vida uma vez alinhados e limpos.

Pouca gente se interessa em ficar próxima, olhando o trabalho de Tuvia. Por vezes, algum segurança mais curioso em salas de concerto, uma criança em sua residência ou um professor em escola de música investem algum tempo ao seu lado. Mas, com frequência, o monótono som produzido pelas notas sem que qualquer música seja tocada os faz se distraírem e se perderem em outros afazeres mais sedutores. Muitos afinadores não são músicos, nem sequer sabem tocar o instrumento. Até arriscam aqui e ali alguns compassos, mas, em geral, atêm-se ao trabalho de afinação. Não é propriamente o caso de Tuvia, que não só teve treino como toca em seu porão-oficina regularmente, porque prefere o anonimato dos bastidores ao estrelato da audiência. Raras vezes se dá a ousadia de tocar na presença de plateia, exceto da sobrinha, Bia, para quem dedilha com gosto toda vez que estão a sós. Admira os músicos de jazz, capazes de improvisar a velocidades incompreensíveis para seu cérebro adestrado. De seu lado, contenta-se em seguir obediente e disciplinado as partituras clássicas que a vida lhe apresenta. Ainda lembra com saudosismo o amor adolescente, quando compartilhava o teclado do piano com Irene, nas aulas de Dona Olga. O calor do corpo dela próximo ao seu e o perfume que parecia ter sido reforçado para as tardes de piano inebriavam sua concentração. Por sorte, tocar a quatro mãos exige que os músicos se postem um ao lado do outro. Teria muita dificuldade de encarar Irene enquanto driblava os pensamentos entre a partitura e seus olhos. Lá se foram décadas e mais décadas, mas o rosto de Irene e aquelas tardes juvenis nunca se apagaram. Não raras vezes, enquanto afina um instrumento, divaga e a vê ao seu lado. É o que sente agora, quando arrisca umas poucas notas ao término da afinação. Não há ninguém por perto. Tuvia dedilha um trecho da *Sonata n.º 14*, de Beethoven, uma das preferidas de Irene. Divaga e relembra a tarde em que, uma vez terminada a aula, ao deixarem o edifício de Dona Olga, Irene, sem aviso, segurou sua mão. Tinham então perto de quinze anos. Corria o mês de dezembro, em plenas férias de verão, no ano em que terminaram o ginásio. Repunham no fim de semana uma aula que não ocorrera nas habituais tardes de terças-feiras. Já não estavam mais próximos dos colegas, não havia perigo de Irene se sentir envergonhada de arriscar a proximidade com aquele que todos excluíam e zombavam. De fato, o amor e a vergonha são os motores do mundo. Quando o primeiro se sobrepôs ao segundo, ela agarrou a oportunidade. A rua da Graça lhes sorriu e transformou-se no palco de sua primeira e única troca de beijos. Irene estanca de repente e os faz parar a caminhada de volta para casa. Toma das mãos de Tuvia o caderno de notações musicais, a pasta de partituras, e os deposita, junto às suas, na soleira de uma loja fechada. Ela traja um vestido leve, que lhe chega aos joelhos, com ombros à mostra, só encobertos por seus longos cabelos lisos e escuros, que ela ajeita de um lado. A tarde de sábado é quente, mas agradável, com um ar de chuva que se deixa chegar sem pressa de molhar. Os raios de sol ainda furam os prédios e projetam suas sombras em uma rua deserta, acostumada a movimento e ruído dos que buscam negócios de tecidos, máquinas de costura, retalhos e aviamentos. Irene apoia as costas no portão de alumínio e puxa Tuvia para perto de si, envolvendo-o com seus braços. Ele é meia cabeça mais alto, o que faz com que os olhos pretos dela se abram e mirem para cima, onde encontram os celestes e marejados dele. Entre assustado e surpreso, deixa-se guiar por ela, sem esboçar reação. Desconhece protocolos. Não foi educado no manual de amar. Que nutrisse sentimentos por Irene era óbvio ao mais imbecil ou insensível dos que os conheciam, mas que ela compartilhasse com ele qualquer outra coisa na vida que não a música, isso era completa novidade. Chegou sem aviso, como invasão em tempos de guerra, mas trouxe uma paz que Tuvia desconhecia. É possível que o tempo tenha parado por alguns minutos. É possível que tenha estancado há quatro décadas. Não trocaram palavra, quem sabe pelo temor de Irene que ele gaguejasse e rompesse o clima, quem sabe por amor ao protegê-lo do eventual embaraço. Em dias quaisquer, a velocidade do pensamento era maior do que a boca era capaz de expelir em palavras, razão pela qual Tuvia as atropelava. Nesse instante, porém, nenhuma delas saltitava em sua mente. Seu ser todo havia se convertido em sentimento. Tuvia, por um momento, transformou-se num ser sem vocábulos. Unidos um ao outro, passaram a ser um só indivíduo, e ali ele queria permanecer. Mas não era para ser.

A *Sonata ao Luar* termina, e o silêncio desfere um golpe de realidade. A fria sala o desperta e recoloca em tempo de juntar equipamentos e tomar o caminho de volta. Os passos, que antes já foram firmes e compassados, hoje são hesitantes e arrítmicos. O desejo de caminhar segue o mesmo, mas as pernas falham em acompanhar o prazer. A carroça estacionada próxima à calçada enche o ar de um doce sabor de fruta madura. O vendedor move o facão com a destreza de um samurai tropical, enquanto repete o bordão *"É mel ou é abacaxi, você prova e me diz"*. Oferece aos que passam pequenos cubos da fruta que exala um perfume sedutor. Tuvia, desconfiado, nunca sabe se a fruta comprada terá o mesmo sabor da que é ali oferecida, quando aberta em casa e longe do simpático ambulante. Suspeita que ele injete açúcar em seus produtos. Mas não será isso mesmo que a música faz com a vida insossa ou amarga de muitos? É assim que o perdoa sem mais que lhe lançar um sorriso e algumas moedas, na esperança de ver a alegria de sua mãe comendo o abacaxi na sobremesa do jantar. As imagens de Irene aos poucos se desfazem, substituídas pelo convite que repousa na caixa catalogada nos tempos de colégio e aguarda confirmação.

O portão de casa na vila lhe presenteia com um envelope cuja caligrafia é familiar e aguardada. Bia escreve de forma regular ao tio e com ele mantém o hábito de inserir no envelope um cartão-postal com imagens de suas últimas explorações europeias. A nudez do cartão precisa ser protegida de olhares bisbilhoteiros que não foram convidados à conversa, daí o envelope. Junto dele, sempre escreve uma carta, ora curta, por vezes extensa, dependendo do que ocorre em sua agitada jornada e estado de espírito. É no isolamento de seus domínios que Tuvia espera abrir o envelope e acompanhar por onde anda a sobrinha. Estica o pescoço para dentro do quarto da mãe e a enxerga dormindo um sono tranquilo. Na cozinha, ao fundo, a rotina de água, pratos e talheres anuncia Teresa em seus afazeres domésticos.

"Bom dia, Tuvia." É como o recebe o papagaio.

Não se pode dizer que Zyssale esteja consciente da hora no relógio, que já vai alta pelo fim da tarde, tampouco que seu vocabulário seja amplo. O pouco que aprendeu se deve às telegráficas mensagens que Tuvia lhe ensinou, com receio de que terminasse aprendendo a gaguejar em lugar de falar de forma fluida e natural. Tuvia temia que na frente de outros (que outros?) o papagaio começasse a tartamudear, como se o estivesse imitando, como muitos de seus colegas de colégio faziam. De forma deliberada, decidiu reduzir as conversas e ater-se a poucas palavras, as quais o colorido pássaro aprendeu. Os demais moradores da casa entabulavam uma conversa aqui, outra ali, mas Zyssale era fiel ao seu tutor. Tinha em Tuvia seu mestre, que, como todo professor, ensina, mas limita. Há dias inteiros em que Tuvia não troca sequer uma palavra com ninguém. Aqui não é diferente. Estende seu dedo ao papagaio, que retribui com um roçar da cabeça em seu indicador, compreensivo e conformado com o diálogo silencioso estabelecido entre ambos.

Mergulha na coxia de sua vida, que é no que se transformou seu quarto, não sem antes ligar o rádio. À parte de seu aparelho de som, onde com frequência coloca discos de vinil e deixa jorrar melodias escolhidas, Tuvia aprecia a surpresa dos programas radiofônicos. Desfruta da sensação de não saber o que virá a seguir. Muitas vezes, a escolha do cardápio musical o faz lembrar-se de um compositor há muito esquecido, noutras lhe apresenta o novo, que ele saboreia com curiosidade. Uma vez por semana, em dias nos quais Bia tinha escola integral, permanecia o dia todo no bairro, almoçava a comida da avó e passava algum tempo com o tio na oficina. Costumavam então fazer uma brincadeira, que se tornou mais uma entre tantas tradições. Assim que o rádio disparava uma nova faixa, ambos procuravam adivinhar o que estava tocando. A espera, ao término da música, trazia o nome de compositores e intérpretes, assim como aumentava o repertório de Bia e a convivência entre ambos. No início, Bia assistia, maravilhada, ao vasto conhecimento e à rapidez com que o tio anunciava suas escolhas após poucas notas. Depois de um tempo, decidiram incrementar o jogo. Agora, cada um escrevia seu palpite em um pequeno papel dobrado e o colocava sobre a tampa do piano. Uma vez escrito, não podia mais ser tocado. Havia de aguardar-se até o anúncio oficial, na voz de baixo profundo do locutor.

Pouco a pouco, Bia foi ampliando seu conhecimento, sem perder o prazer de ouvir música próxima a Tuvia. Ela ainda se pega hoje brincando só e tentando adivinhar o que quer que apareça em seu fone de ouvido. Jogos e desafios culturais eram herança dos tempos de colégio de Tuvia, quando uma bibliotecária animada armava competições entre alunos. Nesses momentos, o silencioso ambiente era transformado em uma bagunça ruidosa, mas organizada. Entre nomes de capitais e presidentes de países pelo mundo, coletivos de animais ou fatos históricos, Tuvia colocava para fora toda a memória enciclopédica e inútil que ocupava seu mundo interior. Em geral, as respostas eram curtas, o que animava sua participação sem medo de empacar em frases longas. Percebeu, sem que a bibliotecária jamais lhe houvesse dito, que, quando a brincadeira se tornava mais complexa, ela substituía a mão para cima, esperando a vez de falar, por jogos em grupo, para os quais uma pequena lousa era distribuída. Bastava que escrevessem suas respostas no tempo acordado para serem então lidas por um membro do grupo ou simplesmente mostradas a todos. O simples ajuste poupava eventuais exposições desnecessárias de Tuvia, que continuava escrevendo seus certeiros palpites na lousa para um membro do grupo ler em voz alta. As idas à biblioteca eram tanto parte do programa pedagógico da escola quanto tapa-buracos quando um professor faltava. Levavam, então, toda a sala para o templo do livro, onde um misto de diversão e convívio era capitaneado por aquela jovem bibliotecária que nunca mais lhe saiu da lembrança. Se ele deve ao pai a educação musical, a ela reputa a influência sobre sua fome literária. As visitas foram frequentes e sempre guiadas pela curadoria competente, que o introduziu ao universo de Kafka, Dostoiévski, Pessoa, Orwell, Drummond e Tchekhov. Apaixonada por Machado de Assis, sempre dizia: *"Não tenha pressa, Machado é onde você vai chegar, é o destino, não precisa ser o início da jornada"*. Sábia conhecedora das letras, despertava a curiosidade e o gosto pela leitura, não pela obrigação. Por que fazer jovens odiarem aquilo que mais tarde poderiam desfrutar? Era só uma questão de ajuste de tempo. Os poucos momentos dos quais Tuvia se recorda ser respeitado ou mesmo bem-vindo eram aqueles jogos nos quais todos o queriam por perto. Muito diferente de quando o assunto era esporte e ele era dos últimos a ser escolhido em qualquer modalidade. Irene se movia rapidamente para o seu lado quando os grupos se formavam. Saboreava cada palavra quando ela dizia *"Sou do time do Tuvia"*, que ele queria que fosse para sempre. A vida poderia ser só isso, pensa o afinador de pianos nesta tarde lenta, um misto de jogos com Irene e com Bia, combinando música e literatura, os dois universos e as duas pessoas com as quais nunca precisou pedir licença para ser quem é ou fingir ser quem nunca foi.

Shostakovich, *Jazz Suite n.° 2*. Ouve com prazer o locutor anunciar o que adivinhou entre dois e três segundos ao romper da faixa musical. Com um sorriso saudoso na alma, abre o envelope de Bia, de onde retira o cartão com o anúncio para os dias 6, 9 e 12 de janeiro de 1990. Tuvia lê saltando entre palavras:

"Plácido Domingo, Otello, Royal Opera House, Covent Garden, Londres."

Os dizeres manuscritos com a caligrafia de Bia convidavam:

*"Que tal uma parada no trabalho para vir assistir
ao teatro de marionetes de adultos comigo?"*

Assim era como ambos se referiam à opera em geral, uma licença para exercer a criança interior sem julgamento alheio. A vontade que lhe deu foi pegar o telefone e ligar para Bia de imediato. Chegou mesmo a retirar o telefone do gancho e escutar o tom, sempre afinado, em Lá. Mas o que lhe diria? Não via razão para negar o convite. Teria os recursos necessários para a viagem. Apreciava a companhia da sobrinha como a de ninguém mais no mundo, sobretudo por saber que era retribuído o sentimento. Os clientes em janeiro poderiam esperar. Ninguém morreria por não ter seu piano afinado. Os trabalhos emergenciais poderiam ser agendados antes, e pronto. Pensa na mãe, mas nem ela poderia ser uma justificativa. Combina-se algo com Teresa e Zsófia por alguns dias, e os cuidados estariam cobertos. Difícil de explicar, mas nos últimos tempos seu estado mental não tem sido o mesmo. O convite ao reencontro da turma de escola agravou o que já não vinha bem. Sua memória está povoada por reminiscências, que trazem ao presente pensamentos e sentimentos de outras épocas vividas. Misturam-se em saltos constantes de tempo e lugar, ao menor estímulo de som, aroma ou sabor. Recoloca o telefone no lugar, exausto. A carta de Bia que acompanha o postal dá conta de seus avanços nos estudos, mas também do estágio na Royal Opera. Compartilha as dificuldades de integração, de ser recebida como alguém do grupo, embora tanto seu progresso acadêmico quanto o trabalho sejam avaliados com altas notas e elogios. Comenta acerca da inflexibilidade dos britânicos frente a regras e processos e uma cultura de difícil compreensão para alguém criada em terras latinas.

"Ainda que uma sugestão criativa possa trazer inovação, em lugar de rever as normas, eles optam por segui-las. Há um conservadorismo no ar de difícil compreensão para quem vem do Brasil, onde tudo se adapta, tudo se ajusta ou se dá um jeito. Não, não estou com saudades do jeitinho brasileiro do qual saí correndo. Não reclamo, querendo que tudo se justifique como uma exceção ou um caso especial. É que, ao mesmo tempo que se nota que as coisas funcionam por conta do respeito ao processo e menos à flexibilização pessoal caso a caso, há também outro mundo subterrâneo, do não dito, onde muitas coisas acontecem, embora não apareçam. Esses dias, me peguei pensando e entendi o que queremos dizer quando usamos a expressão: para inglês ver. Você já parou para pensar nisso? Por que usamos essa frase no Brasil? Anunciam contratações de novas posições, realizam processos seletivos para os quais um bando de gente aplica intermináveis formulários, esperando entrevistas, quando, na realidade, tudo já está cozinhado. A vaga, já se sabe, será preenchida por alguém de dentro, alguém conhecido ou indicado. Mas o processo está garantido. Está lá, para ser visto, caso alguém pergunte, caso seja auditado. Vejo incompetência à solta no trabalho, banhada de elogios públicos ou silêncios coniventes. Eles evitam qualquer tipo de confronto. Preferem uma saída nobre com um sorriso e um elogio a uma discórdia deselegante. É como se tivessem criado uma civilização inteira baseada na hipocrisia gentil, um acordo educado de convivência. Em lugar de criticar abertamente o outro, simplesmente escolhem palavras ou expressões para fugir pela tangente e não se comprometer: 'how interesting', 'that's curious', 'well done', 'good job', *quando eu sei que você sabe que eu sei que todo mundo sabe, não, não foi um trabalho bem-feito, um discurso bem colocado ou o que quer que seja. Aparentemente, celebrar a mediocridade é o preço a pagar para todos se sentirem incluídos. Evita conflitos e confrontos, apostando no tempo como estratégia para se livrar de problemas. O que me incomoda é que nunca sei quando de fato estou fazendo algo de bom. Não sou capaz de decodificar quando um elogio é sincero ou mero cumprimento de cordialidade protocolar."*

A carta segue com um teor de conversa íntima, como de quem se conhece e não precisa de muita explicação para falar sobre qualquer assunto. Bia retoma o diálogo como quem saiu da mesa de um bar para ir ao banheiro e retorna com mais ideias na cabeça, não como alguém que vive a quilômetros de distância e troca reflexões com intervalos espaçados de tempo usando a palavra escrita, por vezes um telefonema. Em outras oportunidades, menciona seus pequenos casos amorosos, mas, em geral, tem no tio o interlocutor com quem conta para suas discussões da vida. Não por vergonha ou pudor, mas pelo deleite de compartilhar ideias mais do que os impulsos do baixo ventre. Com o tempo, a diferença de idade entre ambos parece diminuir. O hiato entre suas datas de nascimento já quer dizer pouco na relação criada entre ambos. Quanto mais adulta Bia foi se transformando, menos importância se atribui à diferença de idade, menos desigual fica o eixo tio-sobrinha. Começaram em lados opostos de uma gangorra, mirando-se de cima para baixo. Hoje, parece que ambos se olham no mesmo nível. Se para Tuvia a falta que Bia lhe faz é evidente, dada a ausência de outras relações nas quais se sente tão à vontade, para Bia não é menor a relevância do tio. Tem nele a figura que procura em seus relacionamentos. Alguém com quem conversar abertamente, sem medo de ser julgada. Alguém que a trata com seriedade, que a escuta com curiosidade atenta e admira seus progressos tanto quanto seus infortúnios. Não é à toa que lhe faz o sincero convite de que se junte a ela no espetáculo de janeiro. Quer de fato sua companhia, não porque lhe faltem outras, mas por ser essa singular.

Tuvia não conhece Londres, porém já esteve na Europa. Visitou a Alemanha, apesar dos protestos familiares contra o passado totalitário e os temores naturais de uma família imigrante. Não deu muita importância, afinal, o que interessava era visitar fábricas de piano e aprender como evoluir em seu ofício. Fez itinerário similar nos Estados Unidos, com o mesmo objetivo. Eram outros tempos, em que sua mãe era independente e produtiva. Hoje, talvez nem compreendesse o significado de uma viagem como essa. Quem sabe, nem soubesse avaliar sua ausência. Na cabeça de Eszter, dias ou minutos podem ter representações e impactos dos mais diversos, ou idênticos. Melhor assim, a percepção do relógio da vida é um algoz do qual ninguém pode se livrar mantendo a consciência. Perder a noção do tempo pode ser uma bênção não solicitada, mas bem-vinda no estado em que se encontra. Que alívio deixar de saber que é um ser para a morte. Que importa a Eszter se hoje é sábado, se é verão ou se tem setenta e oito anos? Ela voltou a um estado no qual o dia é medido pelo tamanho de sua fome, pelo cansaço do corpo quando precisa de cama ou das mínimas necessidades que o banheiro alivia. Voltou a ser criança. Só não se sabe se mantém as esperanças infantis, de quem vai ser quando crescer ou com quem vai se casar. Essas e outras são reflexões às quais ninguém mais poderá responder, talvez nem ela mesma. O que vez por outra se observa é seu olhar distante, um choro aqui, outro acolá, perguntando pela mãe, como se estivesse na cozinha, ou pelo pai, vindo do trabalho. Noutras, afirma com toda a certeza que Adolfo já vai subir da oficina e todos vão se sentar à mesa para o jantar.

Para quem passou um longo período sem qualquer mudança, cômodo, com uma rotina que pouco se altera, Tuvia está diante não de um, mas agora dois convites que lhe pedem resposta. Ambos oferecem a chance de encontro com duas das quatro mulheres mais importantes em sua vida. Irene talvez esteja presente no encontro de escola, e é uma incógnita saber como os dois reagirão depois do abismo de incertezas instalado em décadas de silêncio. Bia é uma certeza melodiosa. Satisfação garantida. Mas o que há por trás de outros mares é uma curiosidade sedutora que amedronta e convida. Não é a balsa que cruza as margens próximas do rio, mas a nau que se perde no horizonte, o que vai saciar suas vontades há tanto contidas. Curioso como, neste caso, o distante seja o certo, enquanto o próximo seja o duvidoso. De fato, não precisa escolher um ou outro compromisso, afinal, o primeiro ocorre em dezembro, e o segundo, em janeiro. Mas a energia de Tuvia não está para grandes dispersões. Nunca esteve.

Mais uma dentre as infindáveis noites de sábado que Tuvia permanece em casa, atribuindo à vigília da mãe seu insucesso na vida social. Muito antes de Eszter adoecer, ele já tinha por hábito se trancar no quarto ou na oficina, dividindo seu tempo entre tocar ou escutar música, limpar e organizar pela enésima vez o que já estava imaculadamente puro e aristotelicamente catalogado. O jantar traz à mesa mãe e filho, copos e talheres cujos sabores insistem em trazê-los ao presente. As refeições são a âncora que impede sua deriva. Estão lá presentes, três vezes ao dia, ora mais leves e frugais, ora mais encorpadas e lentas. Mas não devolvem a espontaneidade que antes havia entre ambos. Tuvia utiliza pratos como recursos para manter diálogos rasos. *"Como está o peixe, mãe?"*, *"Que tal a salada?"*, *"Posso servir mais varênikes?"* Faz de tudo para que a existência de Eszter seja vivida no aqui e agora. Oferece o máximo de conforto e evita a todo custo qualquer dor do corpo ou de sua alma. Diálogos perigosos que versem sobre assuntos para os quais terá dificuldade em se manter verdadeiro são evitados com destreza. Não se incomoda em responder múltiplas vezes a perguntas ou escutar histórias que a mãe repete à exaustão. Mantém o mesmo semblante cálido e olhar doce. Entretanto, tem dificuldade de mentir, de embarcar em um teatro infantil cuja audiência em nada lembra uma criança. Para a irmã, Zsófia, ceder após Eszter repetir que o marido está por chegar se tornou comum. Aceita a conversa e responde:

"Sim, mãe, já, já ele vem para o jantar."

Sabe que faz o mesmo quando troca suas samambaias mortas por plantas novas, mas não enxerga o ato como uma mentira que sai de sua boca. Ser econômico com palavras fez Tuvia valorizá-las, ponderando seu uso e impacto. Se agora lhe pergunta acerca do abacaxi que trouxe da rua, é para que a doçura se sobreponha à acidez do quadro que tem diante de si, para que a fragrância das raspas de limão espalhadas sobre as duas fatias que agora Eszter saboreia reconstrua e perfume o caminho de suas memórias. O ruído da vila é testemunha do último fim de semana antes da eleição presidencial. Tempo de escolher.

Ajuda a mãe a recolher-se e mergulha na oficina, levando consigo o jornal do dia. Abafa o som externo com o rádio, a arma mais poderosa que possui para se alienar ainda mais do mundo que insiste em exigir escolhas. Mas quais são as opções? Tanto a capa quanto o caderno sobre as eleições são um desfile de imagens, nomes e siglas, uma vitrine de promessas, como se a escolha fosse entre brigadeiro, rocambole, torta de limão ou uma bomba de chocolate. Todos doces e sedutores. Tuvia vê o novo, o antigo, o requentado, o velho disfarçado de novo, o antigo com orgulho de conservar-se, o estridente, o que não sabe a que veio e outros que ninguém conhece. A lista é do tamanho da contida vontade popular de escolher e da ignorância de critérios que diferencie as opções. Uma eleição é sempre uma aposta, uma esperança ou ilusão de escrever o futuro. A vida não é diferente. Ou talvez seja. Um convite constante à escolha, a cada segundo. Por vezes, de assuntos mais dramáticos, noutras, de corriqueiros tópicos aos quais ninguém dá importância. O certo, no entanto, é que, das menores às maiores resoluções, ninguém escapa de optar, e as escolhas terminam por desenhar a jornada de cada um. Tuvia não tem bem certo o que fazer do direito de escolher. Não só na eleição, mas nas opções todas que se apresentam no momento.

Uma sede repentina faz com que suba até a cozinha para apanhar um copo de água. Tuvia não é do time dos refrigerantes, das cervejas ou de álcool em geral. Se há suco natural, muito que bem, mas não sente particularmente vontade de fazer nada para si agora. Na porta da geladeira, sempre há uma garrafa de vidro transparente, na qual Teresa repõe água filtrada todos os dias, com umas fatias de laranja ou limão, de vez em quando umas folhas de hortelã, para colorir e dar gosto ao trivial. Tuvia despeja alguns cubos de gelo na garrafa, pois a noite está abafada. Garrafa na mão, copo na outra, e está pronto para retornar ao subsolo. De passagem pela sala, avista o louro, que dorme, ou finge, para não ser incomodado. Procura com todas as forças resistir, mas acaba por voltar a uma das paredes da sala, onde uma reprodução de Mondrian pende em dois ou três graus de desalinho ao conforto da linha reta aos olhos de Tuvia. Copo e garrafa descansarão por um instante na mesa, enquanto o prumo precisa ser satisfeito. Tanto o cansaço quanto dias mais estressantes são desculpas que Tuvia se dá para ceder à suas obsessões e compulsões de ordem. Garantir que a porta da frente esteja trancada pode custar algumas boas idas e vindas na casa antes de se recolher. Checar se o gás está bem fechado a caminho da cama é uma entre as várias rotinas que sua mente agitada teima em não aquietar. Não é um quadro de grandes proporções, onde mais fácil se nota o desajuste. Mas os olhos de Tuvia enxergam rápido aquilo que não se alinha.

Foi Zsófia quem lhe presenteou com a reprodução já na moldura preta e vidro antirreflexo para valorizar as cores puras e vibrantes da tela. Anos atrás, quando abriu o embrulho, admirou a criatividade da irmã ao dar-lhe algo tão pouco usual. Lembra-se de ter sorrido, dividindo a mirada entre o quadro e Zsófia, que lhe perguntou *"Você gostou?"*, como quem presenteia uma criança com um livro, na dúvida se preferia uma bola. Os olhos gratos serviram de abraço. Zsófia compreendia a dificuldade de o irmão demonstrar fisicamente suas emoções. Brincou, para aliviar o momento:

"Sei que preferiria um Pollock, mas resisti em dar esse gosto a você."

Tuvia soltou uma risada de surpresa e de espanto frente à ideia de olhar todos os dias para uma imagem caótica como a obra de Pollock. Desde então, o Mondrian tem sido o ponto de equilíbrio de sua vida. Colorido, mas organizado. Planejado, simétrico, previsível, como a vida deveria ser, mas não é. Tuvia sabe que os sinuosos caminhos de vida são muito mais congruentes com o estadunidense. Uma arte que se faz ao acaso das tintas jogadas na tela, muito mais do que no controle geométrico do holandês. Adoraria abraçar o caos, mas o simples fato de considerar sua existência lhe tira o ar. O máximo que aceita é o colorido, sinal da diversidade contida por linhas pretas. Precisa de limites claros e definidos para represar a explosão de cores que de outra forma se espalhariam como mercúrio que vaza do termômetro. Tuvia se afasta cerca de um metro para novamente auditar sua posição. O conforto da simetria aquieta, mas não aplaca as dúvidas que lhe assaltam o pensamento. *Como podem as mesmas cores produzir um espectro tão amplo de possibilidades? Como são capazes os compositores de produzir tantos estilos e obras com um número reduzido de notas musicais?* É o exemplo mais próximo que Tuvia consegue conceber do infinito, as inúmeras combinações possíveis que geram a beleza do mundo com tão pouco. Sempre foi admirado pelo que a simplicidade pode gerar. Tuvia enxerga em Mondrian a poesia de Manoel de Barros, os versos de Dorival Caymmi, a profundidade do que se pode alcançar com poucos elementos. Aliviado com a posição que o quadro reassumiu, enxerga agora a pequena poça de água deixada pela garrafa na mesa. Não perde tempo em conjecturas. Sabe que, se não secar, deixará manchas que nenhum alvejante poderá limpar de sua consciência. Tuvia avalia a exaustão a que submete seu corpo e mente todos os dias, com rituais incessantes. Já tentou várias estratégias, que lhe consomem mais energia do que simplesmente sucumbir à tentação. No fundo, seu desapontamento maior é com a irracionalidade da sequência infindável de superstições. Considera-se um ser lógico, racional, objetivo. No entanto, é incapaz de livrar-se dos tormentos inexplicáveis que a obsessão lhe traz. Gostaria de carregar em si o botão que a desligasse, nem que fosse de maneira momentânea, para readquirir o fôlego, ou esfriar a máquina. O cansaço não veio acompanhado de sono, por isso desce novamente, escutando o som do rádio que ficou ligado em sua ausência. Outro desajustado, pensa ao aproximar-se, quando escuta *Um Americano em Paris*, de Gershwin.

Os fachos produzidos pelas luminárias banham a bancada de trabalho com uma luz branca, como se sobre uma mesa de sinuca, onde ainda repousa aberto o jornal. A eleição não havia ocupado a mente de Tuvia a ponto de se preocupar em discernir entre os candidatos. Não dedicou tempo ou energia às propagandas eleitorais que teimavam em invadir os televisores. Quando se anunciava a chegada do horário eleitoral gratuito no rádio, Tuvia simplesmente o desligava e substituía por uma seleção musical no aparelho de som. O desinteresse pela política era acompanhado de sua constante negação para exercer escolhas. Ponderar, criar critérios entre o bom, o ruim ou o duvidoso aumentava a ansiedade. Justificava a alienação do dever cívico, com a ideia de que seu único voto não faria a menor diferença no resultado das urnas, embora nem ele mesmo se convencesse disso.

É olhando para a multiplicidade de opções que lhe vem à memória o coelho de quermesse. Algumas instituições das redondezas, como o Colégio Santa Inês e a Igreja de Dom Bosco, costumam instalar barracas com brincadeiras e prendas para atrair visitantes do bairro em suas festas juninas. É uma forma de promover diversão e arrecadar fundos para suas ações e causas. Tuvia nunca se esquece de um jogo no qual uma caixa de sapato ocupa o centro de uma circunferência, rodeada por casinhas de múltiplas cores e números acima do buraco em forma de portinhas. O jogo consiste em apostar em qual casinha o coelho entrará, uma vez que a caixa seja levantada com a ajuda de um barbante e uma roldana. As apostas são tomadas de várias pessoas ao redor da barraca. Suspense e tensão pairam no ar. Quando o barbante eleva a caixa, as mais inesperadas reações do roedor podem ser observadas. Algumas vezes, o coelho simplesmente fica paralisado. O medo se instala no pequeno animal, que prefere permanecer imóvel. Embora a caixa fosse apertada e escura, é para lá que gostaria de regressar, onde se sentia mais seguro, devido à gritaria instalada à sua frente. Não compreende o que dele se espera, desconhece que cores e números guardam algum significado. Em algumas ocasiões, sua recusa em mover-se faz com que o responsável pela barraca o tenha de cutucar com uma vara e encoraje a busca por uma casinha. Tuvia entende que esse coelho é do tipo que escolhe não escolher, de forma estática. Um segundo tipo move-se ao redor do círculo, sem escolher qualquer das portas para se abrigar. Quando a caixa é levantada, dá voltas e voltas, como quem avalia, uma por uma, as alternativas de abrigo. Trata-se de um coelho insatisfeito com as variadas opções à disposição de tal forma que fica impedido de reduzir a eleição a somente uma. Escolhe não escolher, mas de forma dinâmica. Move-se como quem visita os corredores de um shopping center infinito, mas opta por não eleger uma única loja. Acredita, de forma ingênua, que o tempo de escolher é ilimitado, assim como sempre pode haver uma melhor opção adiante.

Um terceiro coelho, de tão assustado uma vez que a caixa o destampa da escuridão, corre para a primeira porta que ofereça novo abrigo. Não exatamente porque tenha avaliado a escolha, porque tenha critérios para dizer que a casa oito verde é a melhor das opções. Simplesmente deseja estar seguro, o que faz com que agarre o primeiro bonde que lhe apareça, como desempregados ou solitários que aceitam a primeira proposta de emprego ou casamento, imaginando serem as únicas. Finalmente, um coelho seletivo tem por hábito escolher uma casinha, fazendo feliz seu apostador tão logo o jogo inicia, dirigindo-se para ela, resoluto. Entretanto, enquanto uns poucos comemoram e muitos se lamentam, o roedor sai da casa eleita e visita a seguinte, então a próxima e assim sucessivamente. É um coelho insatisfeito, quer provar todas as opções. Dele, se pode dizer que escolhe escolher. Indefinidamente.

Olha para o jornal à sua frente, mas vê uma profusão de coelhos enquanto reflete: *Que tipo de bicho sou eu? Como foi que Zsófia aprendeu a escolher? Quais opções Arnaldo deixou de lado? Quem ensinou Bia a buscar o que deseja?* Pondera por um instante, enquanto bebe lentamente a água gelada, as escolhas e desescolhas que o trouxeram até aqui. *Quão livre era o coelho para de fato exercer suas opções? Que consciência tinha eu em cada escolha que fiz ou deixei de fazer em meu caminho?* Retorna a atenção para os nomes no jornal e tem a impressão de que, apesar de múltiplos, só servem mesmo para dar a ilusão de que se elege. Melhor seria ter poucas e claras opções a inúmeras e difusas em suas pequenas diferenças. *A vida é muito maior do que a circunferência fechada no jogo de quermesse ou na limitada folha de jornal*, pensa o afinador de pianos. Para uns, a redução do número de escolhas é um convite seguro, basta eleger os critérios com que se escolhe e ir em frente. Essa era também a promessa do segundo turno eleitoral, reduzir a dois candidatos uma corrida que iniciou com mais de duas dezenas. Mas, para alguém como Tuvia, a vastidão do não escolhido é paralisante. O universo de opções não exercidas encobre o presente. Tuvia tem por hábito mergulhar no futuro de como poderia ter sido a jornada, um sem-número de caminhos que a vida poderia ter tomado. Faz deles passado, sem nunca terem existido, um álbum de memórias futuras e enxertadas. Enche seu presente de vazio, apesar de escolhas se apresentarem em diferentes convites.

Cumprido o ritual que antecede a cama, Tuvia retorna ao seu quarto, onde os dois convites aguardam resposta. Abre primeiro a carta de Bia e corre os olhos pelos detalhes de *Otello*. Com a ajuda da outra mão, relê o convite de quarenta anos de formatura da escola. Decide fazer um movimento, avançando seu peão no tabuleiro. Nada de muito robusto ou decisivo, como andar com o cavalo ou o bispo. Estudará o terreno. Amanhã, telefonará para a sobrinha. Não há força suficiente para batalhas em dois campos simultâneos. Tuvia não é um mestre enxadrista capaz de desafiar múltiplos jogadores ao mesmo tempo.

Capítulo 3

Ainda de férias com os pais em um hotel no interior de São Paulo, Irene não compareceu à aula de piano de Dona Olga, tampouco estava presente quando Tuvia cortou um pedaço de sua camisa e verteu terra sobre o caixão de seu pai, no mês de janeiro. Nem sequer sabia do desaparecimento repentino de Adolfo na casa dos Frenkel. O intervalo entre o término do curso ginasial e o início da nova etapa de estudos era anunciado cheio de promessas e esperanças. O primeiro amor brotava às escondidas entre os dois adolescentes. Havia durado uma tarde, no regresso da aula de piano, mas marcaria o rapaz por muitos outros verões por vir. Sob a insistência de Eszter, ainda que durante o período de luto no primeiro mês da morte do marido, Tuvia foi à aula de piano. Permanecer em casa, chorando sua ausência, não o traria de volta, tampouco a energia que o menino precisava para enfrentar a nova realidade. Pragmática como era, Eszter procurou na rotina esconder os espaços perigosos que a falta, espectro ardiloso, teimaria em rondar e minar suas forças para seguir adiante. Passados os sete dias de *shivá*, recolheu os lençóis que encobriam espelhos da casa, agarrou os filhos, com quem deu uma volta no quarteirão, e despejou um copo de água à beira da calçada. Pronto, estava sepultada a caminhada conjunta de uma família a quatro, que agora era constituída de mãe, filho e filha. Não havia tempo para mais lágrimas. O choque tinha de ser absorvido e servir de impulso, não de âncora. Como já era maior de treze anos, Tuvia iniciou sua jornada de onze meses, nos quais falaria o *kaddish* dos enlutados pela memória e elevação da alma de Adolfo. Visitaria de forma diária o *Shil* da Vila, nas preces da manhã e no fim do dia. Eszter respeitou a primeira semana, na qual recebeu a visita e o consolo de conhecidos em sua casa. A música foi silenciada, e nenhuma demonstração de vaidades foi vista. Barba no rosto ainda não havia crescido para que se notasse em Tuvia sinal de que era órfão. Foi o recuo necessário para refletir e planejar como costurar o tecido rasgado de uma família já acostumada à estabilidade. Luxo não existia, mas o conforto fruto do trabalho de Adolfo já havia se transformado em uma constante. Sua presença, nunca questionada, fora arrancada como foice que passa sem anúncio, de um só golpe, em árvore com frutos ainda por vir. O desafio de Eszter agora era garantir que a raiz fosse forte o suficiente para que os brotos seguissem germinando. Foi assim que insistiu para que o filho fosse à aula de piano. Diante de seus protestos de que não era ocasião para prazeres como a música, Eszter defendeu-se dizendo que o mês já estava pago. Se quisesse repensar, que o fizesse após terminado o período. Dessa forma, teria tempo de convencê-lo a seguir em algo que o acalmava e seria essencial na recuperação da recente perda.

    Embora ainda corressem as férias de verão, a casa de Dona Olga estava, como sempre, com alunos à espera na sala de estar, enquanto alguém dedilhava em seu piano. Para muitos pais, a vantagem de seguir com as aulas, sobretudo quando o colégio estava fechado, era razão de sossego e ocupação nas tardes de crianças e jovens sem ter o que fazer. Não tem a companhia de Irene em sua caminhada até o edifício da professora, motivo pelo qual segue trajeto diferente. Desce a rua Prates e dobra à esquerda na Três Rios. Caminha direto até o encontro com a rua da Graça e por ela segue até o destino. Apesar de ser um dia de semana, o movimento do bairro nunca é o mesmo quando as férias escolares estão em curso. Deixa o ruído da rua e sobe até o costumeiro apartamento, carregando a dor e a vergonha de tocar música passados somente alguns dias do falecimento de seu pai. Passou o caminho imaginando o que diria Dona Olga, se encontraria outros alunos e como reagiriam. Ao entrar na sala, foi como se nada houvesse ocorrido. A professora costumava deixar a porta encostada para evitar a interrupção desnecessária com um toque de campainha e a necessidade de seu deslocamento. Além do aceno de cabeça e um leve cumprimento com as mãos, muito mais não há entre os presentes. A professora, absorvida em suas instruções, não se dá conta da chegada de Tuvia. A sala não é grande. Em formato retangular, divide-se em jantar e estar, com muitos porta-retratos em estantes que ocupam quase todo o ambiente. O piano fica em um canto próximo da janela, do lado oposto à porta de entrada. Tuvia tem para si que os vizinhos devem detestar Dona Olga, afinal, a tortura a que seus ouvidos são submetidos todos os dias é certamente motivo de incômodo. Vez ou outra, um aluno ou aluna mais bem treinados produzem sons de melhor qualidade, que soam verdadeiramente feito música. Senta-se, ao lado de dois irmãos com cerca de oito e dez anos, nas cadeiras posicionadas ao pé da entrada, enquanto observa uma criança pequena sentada ao lado de Dona Olga, ao piano, tocando a quatro mãos notas simples em pequenas escalas. Ela orienta a menina sobre a forma de utilizar seus pequenos dedinhos na ordem correta ao deslizar pelo teclado. Corrige, com doces mas firmes indicações, sua postura, enquanto a jovenzinha a mira de baixo para cima com admiração, já ao final de sua aula. O instrumento ainda é um imenso brinquedo para ela, sem a pressão por precisão, entre o certo e o errado. Ainda é capaz de desfrutar do prazer da descoberta sem que a cobrança por performance tenha chegado para ficar ou afastado sua curiosidade natural.

Tuvia sofre com a dispersão. Tem dificuldade de acompanhar o que está ocorrendo ao seu redor e em si mesmo. Pergunta-se o que está fazendo ali, enquanto seu pai jaz numa cova fria. Não lhe parece possível fingir que a vida siga normalmente, uma vez que sabe que nunca mais verá o pai. Sua cabeça está envolvida em um turbilhão de pensamentos fugidios, que saltam de uma a outra imagem. Por fora, segue o mesmo pacato rapaz, mas só ele sabe como seu coração está disparado e um nó na garganta à beira de se romper. Qual é o sentido de tudo isso? O que faz ali, em plena tarde, como se a vida fosse prosseguir sem interrupção? Um amargor na boca lembra que nunca mais as coisas serão como costumavam ser. Não era sinal de coragem seguir adiante com a mesma rotina, mas uma demonstração de insensibilidade.

Era comum que os pais deixassem seus pequenos e os viessem buscar ao final da aula. Como a maioria vivia bem próxima, não era difícil voltar ao trabalho ou à casa, para regressar após uns trinta minutos ou uma hora, dependendo do acordado. Alguns desciam para um café ou aproveitavam para fazer pequenas compras, enquanto outros permaneciam no apartamento, deslumbrados frente aos avanços de seus filhos, ainda que música propriamente fosse indiscernível. Uma senhora de vestido até os joelhos e bolsa nos ombros entra sem fazer barulho e se junta aos demais, enquanto a pequena candidata a pianista finaliza sua aula. Tuvia não se incomodava em aguardar. Chegava sempre antes e procurava absorver dicas da professora e observar ao máximo suas instruções, não importando a idade ou estágio em que se encontravam os pupilos. Sua mania de ser pontual obrigava Irene a sair antes e cumprir o mesmo ritual de espera. O incômodo por chegar atrasado era maior do que o desprazer de escutar o que era reproduzido.

Ao primeiro sinal de pequenos risos dos irmãos em espera, Dona Olga vira-se e dirige-lhes um olhar que os fulmina sem que uma palavra fosse proferida. É então, perto de dez minutos após a sua chegada, que a professora nota a presença de Tuvia no ambiente, assim como da mãe da garotinha. Sabedora do falecimento de Adolfo, evita ao máximo qualquer expressão de julgamento ou exagerada demonstração de piedade. Limita-se a um pequeno movimento com a cabeça acompanhado de uma contração dos lábios. Foi o suficiente para o acolhimento, ou pelo menos assim esperava. É difícil de precisar se fora o riso dos garotos, o olhar de Dona Olga, as insistentes escalas musicais mal executadas ou a chegada da mãe o que ocasionara a intempestiva reação de Tuvia. Talvez tenha sido tudo ou nada disso. Como um vulcão adormecido, levanta-se e arremessa sua pasta pelos ares, fazendo espalhar partituras pelo tapete que só era persa nas descrições de Dona Olga. Derruba tudo o que havia na pequena mesa de apoio. O pote de bolachas, a jarra de água e os copos descartáveis, uma garrafa térmica, tudo vai ao chão em movimento brusco, acompanhado de um grito que estava armazenado em sua garganta. Com susto e surpresa, a mãe cruza a sala, pega a filha pela mão e a protege como um escudo da fúria inesperada daquele garoto dócil, que ela estava acostumada a ver educadamente à espera para suceder sua filha. Os dois irmãos, sem entender o que ocorria, abraçam-se, um ao outro, sem sair de suas cadeiras. A professora, ainda confusa, reage dizendo:

"Tuvia, o que deu em você?" Isso, enquanto procura acalmá-lo.

Como em transe, Tuvia desaba em choro após soltar outros urros e grunhidos, que só assustam mais as crianças. Preocupada com a segurança dos alunos, Dona Olga convida Tuvia a ir até a cozinha para tomar uma água e se acalmar. Em rápida troca de olhares, a mãe entende que aguarde um pouco com os meninos, ainda que seus filhos não vejam. O surto psicótico, como depois se constatou, durou alguns minutos até que Dona Olga fosse capaz de fazê-lo se sentar e respirar longe de outros olhares. Educadora que era, Dona Olga não o apressou ou pressionou para que falasse. Simplesmente se sentou ao lado dele e segurou sua mão pelo tempo necessário para que se aquietasse. Um silêncio ativo emanou dela, de tal forma que Tuvia o recebeu como um abraço quente. Quando regressaram, a sala já estava vazia. A mãe se incumbira de entregar os dois meninos aos pais sem que a aula houvesse ocorrido. O que se explicou diante da ausência da professora ao piano e o pavor estampado nas crianças não se ouviu. Preocupada com o estado de Tuvia, Dona Olga resolve acompanhá-lo até sua casa. Apesar de notadamente mais calmo, teme por outro descontrole no caminho de volta. Teria tempo de regressar antes que outros alunos chegassem.

Viver em comunidade tem enormes vantagens de proteção e sentido de pertença. Carrega, entretanto, os desafios de manter discretos os infortúnios de seus correligionários. Aquela fora a última visita de Tuvia ao piano de Dona Olga, embora tecnicamente, nem aula tenha ocorrido.

Com o feriado prolongado, domingo já não tinha cara de domingo. Em geral, os infelizes por qualquer que fosse a razão, trabalho, estudo, família ou a vida como um todo, sentiam a chamada síndrome da noite de domingo. Como terça era feriado da República e eleição nacional, uma ponte era esperada. A síndrome fora adiada por dois dias. Insatisfeitos, tinham encontro marcado para a terça. Ainda que a noite fosse outra, o sofrimento persistiria.

O afinador de pianos aproveita para ganhar tempo. Em telefonema curto com a sobrinha, pela manhã, com o fuso horário a seu favor, avisa que pensará com carinho no convite para visita e ópera. Tem trabalhos a serem realizados, mas verá o que é possível para se juntar a ela. Não é uma promessa, mas Bia recebe a notícia com esperança, pois imaginava que o tio recusaria de imediato, com uma justificativa qualquer.

As entregas postais não cessam com o sanduíche de feriado. Tuvia apanha no chão da entrada nova correspondência e a guarda junto ao equipamento de trabalho para mais tarde, quando retornar dos serviços que tem pela frente. Em dias como este, algumas escolas de música aproveitam para afinar seus pianos, uma vez que dão folga a seus professores e alunos. É uma oportunidade estratégica para Tuvia, que tem na agenda uma escola cliente no bairro de Perdizes e outra no Pompeia. Deve fazer entre dois e três instrumentos no período da manhã e outros tantos pela tarde. No meio do caminho, pretende comer algo rápido. Temperatura, umidade e uso são fatores relevantes na desafinação de pianos. O primeiro não seria de grande relevância numa cidade como São Paulo, cuja amplitude térmica não é tão significativa, mas as variações podem ser bruscas no mesmo dia. A umidade e o uso, no entanto, contribuem para que escolas de música paulistanas tenham a necessidade de manter contratos regulares com profissionais como Tuvia. Além das caminhadas, o trabalho em si é exigente, do ponto de vista físico. Já não é de hoje que Tuvia sofre com dores pelo corpo. Um tremor nas mãos e súbitas faltas de concentração têm lhe tomado de assalto a saúde, que nunca foi uma fortaleza. Procura hidratar-se durante as longas jornadas de trabalho e ingerir pequenas porções de alimento durante o dia. Quase sempre, tem uma fruta ou um pacote de bolachas na sacola para enganar o estômago, mas o dia atípico o pega de surpresa sem grandes mantimentos em casa antes de sair. No caminho entre o primeiro e o segundo trabalho, decide por um breve intervalo para um lanche. O frango de televisão girando na calçada exala um cheiro de abrir o apetite a meia quadra de distância. Pensava em comer um rápido sanduíche, mas, quando vê a possibilidade de pedir um quarto ou meio frango assado, acomoda-se no balcão e espera o corte preciso nas juntas da ave bem-assada. Enquanto aguarda, mata a sede com um suco de laranja espremido na hora. A máquina é ruidosa, mas Tuvia fica satisfeito em ver o líquido pingar amarelo em um copo alto, na sua frente. Distraído com o movimento à sua volta, percebe um rapaz sentado alguns bancos adiante de si, no balcão. O ângulo não lhe favorece uma visão completa, somente o enxerga a três quartos. Passa os próximos minutos ensaiando chamá-lo, na certeza de ser um antigo companheiro de trabalho na oficina do mestre Júlio. Entre o temor de embaralhar-se com as palavras e a timidez habitual, espera melhor oportunidade, que em sua vida nunca se apresenta. Quando toma coragem, o giro na direção de Tuvia revela uma pessoa completamente diferente, em nada sequer parecida com o tal companheiro, de quem Tuvia não consegue recordar o nome. Atribui à fome a falta de memória e o engano visual. Sem jeito, aproveita para retirar da bolsa a correspondência, como forma de ocultar o embaraço, embora o rapaz nunca pudesse saber do engano que, como nasceu, morreu nos labirintos mentais de Tuvia. Misturava-se entre santinhos de candidatos, entregues por seus cabos eleitorais em campanha pelos domicílios do bairro, um envelope simples com o nome de Tuvia e sem remetente. Felizmente, não tinha contas para pagar. Olhando contra a luz, calcula os limites para romper o invólucro sem rasgar a carta. A caligrafia requintada, feita a tinteiro, traz o pedido de uma visita para avaliação de serviço com dia e hora já marcados.

O fim do dia transcorreu de forma corriqueira. Notas musicais foram colocadas em seu devido lugar, nem tanto os pensamentos de Tuvia, que está de volta à vila. Em telefonema breve pela noite, Zsófia lhe faz saber que passaria para buscá-lo no dia seguinte, assim poderiam votar e passar algum tempo juntos. Como a irmã, muitos colegas de escola retornavam ao bairro para votar, ainda que já não vivessem nele por algum tempo. Resistiam à tentação de transferir o título para local mais próximo do novo domicílio, aproveitando a desculpa para voltar ao Bom Retiro de sua juventude, mesmo que esse lá já não estivesse mais. Alguns chegavam mesmo a agendar o encontro na zona eleitoral e passar mais tempo na calçada, jogando conversa fora e rindo dos tempos idos, do que depositando o voto na urna. Outros desfrutavam da sensação dos encontros inesperados. Jogavam ao destino a decisão de quem veriam ou deixariam de encontrar naquele ano. No caso de Tuvia, isso só aumentava a tensão de encontros inoportunos com gente que povoava seus pesadelos de calças curtas. Usava estratégias diversas para evitar o dissabor de cruzamentos indesejados. Já havia tentado chegar muito cedo, esperando que ninguém acordasse para votar nas primeiras horas do dia, mas isso não se provou confiável. Muito tarde lhe era impossível, pelo temor de perder a hora. Preferia a ansiedade de esbarrar com um antigo algoz a sofrer com a porta na cara ou a humilhante fila dos atrasados. Chegou mesmo a usar disfarces, como chapéu, boné, óculos escuros, mas sentia-se ridículo e alvo mais atraente da atenção alheia do que a discrição que buscava. No fundo, sabia que o temor maior era cruzar com Irene, caso ainda votasse no mesmo local. Isso sempre fez com que a missão fosse cumprida na maior eficácia e eficiência possíveis. Entrava resoluto no edifício de votação, buscava sua zona eleitoral com documentos em mãos, esperando que a fila fosse mínima, escondia-se na cabine e assinava a presença o mais breve que pudesse, deixando o recinto como se ninguém o houvesse notado. Uma ou outra vez, o encontro era inevitável, quando mesários ou fiscais o reconheciam e puxavam conversa. As evasivas apressadas e monossilábicas confirmavam a imagem que há muito guardavam do garoto Tuvia Frenkel. Ir com a irmã só aumentava a chance de reconhecimento, por clara associação. Pensar na presença do cunhado só aumentava o desgosto, mas não havia nada que pudesse fazer para evitar a ida em conjunto.

Aproveita o restante da noite para sentar-se com a mãe à sala. Primeiro, um jantar leve, que ela saboreia com vagar, seguido de um tempo juntos à poltrona, enquanto Tuvia lhe serve uma fatia de bolo de laranja de sobremesa, junto a uma xícara de chá. Pergunta se ela deseja escutar um pouco de música ou ver o noticiário. O risco do silêncio pode trazer conversas difíceis, razão pela qual tem sido opção não oferecida. Procura recolocar a mãe no mundo, lembrando-a das eleições presidenciais prestes a ocorrer no dia seguinte. Apesar de optar pelo televisor, em poucos minutos o tédio ou a incompreensão a deixam alheia à programação. Conhece as palavras ditas, mas lhe foge o significado. As pupilas dilatam na mesma medida de sua frustração. Eszter sabe que deveria saber o que já não sabe. Como foi que desaprendeu? A música, no entanto, é a saída mais segura. Atento às pequenas mudanças em seu semblante, Tuvia saca um LP e o coloca sobre a vitrola, que arranha os primeiros chiados. Nos compassos iniciais, flautas e outros instrumentos de sopro brincam, interpondo-se em uma rápida sucessão de floreios que dura cerca de um minuto. Eszter move-se em direção ao aparelho, como cão que levanta as orelhas tão logo identifica novo som. O triângulo de forma delicada convida as cordas a se juntarem na melodia que agora se esparrama pela orquestra.

"'Moldau'!", exclama, com um sorriso que se alarga pelo rosto.

Tuvia levanta a capa do disco com a alegria de quem recupera, nem que por um lampejo, a mãe que um dia teve. Mostra a ela com a certeza de que não pode ler, mas ao menos reconhecer o objeto muitas vezes visto.

"Você já percebeu como é parecido com o '*Hatikva*'?", pergunta ao filho, sem se recordar de que foi ele quem lhe apresentou a semelhança com o hino de Israel.

"Que ouvido aguçado, Dona Eszter!"

Tuvia embarca na conversa com a mãe, embora já não carregue a esperança contida no hino ou na ode à sua terra, como queria Smetana. Um rio mais caudaloso que o Moldava levou embora parte importante de sua memória, de sua identidade, mas deixou fragmentos que ela recupera aqui e ali de acordo com os estímulos que é capaz de decodificar. O filho procura convencer-se de que ela segue presente, ainda que os momentos sejam curtos. Desfruta cada um deles com prazer, sabedor de que são mais raros com o passar do tempo. Poças de recordações são o que restou do leito generoso que antes corria em volume e ritmo. É nelas que Tuvia chapinha como criança que brinca no que a chuva deixou para trás, com suas galochas e risos inocentes. O tempo de atenção e de compreensão é breve. Eszter volta a exibir olhar vazio. Já não acompanha a música e sorri para Tuvia, de desespero e vergonha, muito mais que de prazer estético. É engolfada novamente pela onda de inconsciência e desorientação.

"'Tem sono, mãe?... Quer ir dormir?"

Sem muito saber o que de fato deseja, aceita a sugestão e se levanta com dificuldade. Tuvia a acompanha como ela gosta, sem que a carregue pela mão, só com o olhar. Eszter adentra o corredor dois passos à frente e vai ladeando as paredes, ainda com certa autonomia. Não é tarde, mas o relógio é agora um instrumento de pouca serventia. Os tempos são marcados em ritmos cujo sentido foge a qualquer razão. Afeto e acolhimento são melhores respostas do que a compreensão. Nada há para ser entendido. Eszter hoje habita o terreno pré-linguístico, qual bebê capaz de se conectar ao tom, muito mais do que ao discurso, ao calor da presença silenciosa, mais do que a eloquência verborrágica. Eszter conta agora com o vocabulário do amor mudo. O desafio impõe-se aos demais ao seu redor, acostumados que estão ao diálogo de palavras, a terem de desalfabetizar-se para estabelecer uma conexão que prescinda de vocábulos.

Ansioso por chegar cedo ao local de votação, Tuvia aguarda em seu quarto qualquer sinal de aproximação do carro da irmã. Deixariam o veículo na vila e caminhariam poucas quadras até o colégio. Enquanto isso não ocorre, escuta o rádio e relê o convite para a Cantina Ouro Branco, a ocorrer menos de um mês à frente. Adiou possíveis encontros com Irene por décadas e agora se vê na iminência de encontrá-la em duas oportunidades. Não tarda até que escute a aproximação de um carro e o bater das portas próximo à sua janela. Embora tenha vivido na casa, Zsófia sempre toca a campainha, mesmo que tenha uma cópia da chave para entrar quando bem desejar. Sente um misto de respeito a Tuvia, com uma dose de temor, por abrir a porta e deparar-se com algo inesperado. Mantém consigo a ideia de que a chave só seja usada em ocasião de urgência. Arnaldo desce do carro, mas permanece na calçada da vila. Apesar de não votar, Zsófia convence a mãe a acompanhá-los. Uma caminhada, ainda que com vagar, é sempre saudável e uma oportunidade de evitar clima pesado entre os cunhados. O quanto Eszter compreende para onde vão e o que farão é motivo de pouca especulação. Basta que os acompanhe. Mãe e filha caminham de braços dados, enquanto Arnaldo e Tuvia as escoltam, um de cada lado. Não trocam palavra até o destino, três quadras abaixo, na rua Prates. Há movimento de carros, cores e pedestres por todo lado e gente fazendo boca de urna em uma festa cívica, da qual esses quatro não parecem ser parte. Cumprem uma obrigação e menos um engajamento. Se fossem desobrigados a votar, talvez estivessem longe dali naquele momento.

Estar entre os familiares era ao mesmo tempo uma desvantagem por poder ser facilmente reconhecido e um escudo com o qual Tuvia podia se proteger e desviar de potenciais encontros indesejados. Tanto o cunhado quanto a irmã saúdam conhecidos à entrada da escola e enquanto sobem as escadas. Até a mãe recebe cumprimentos de pessoas de que já não se recorda, mas acena como se fosse a rainha Elizabeth. O afinador de pianos mantém a mirada firme em seus sapatos, como se os lustrasse com os olhos azuis semiabertos. Cada um, de acordo com sua seção, deposita seu voto e alterna momentos de vigília da matriarca, que já não elege seu destino. Passado o estágio da votação, Tuvia caminha adiante e encontra a desculpa de precisar ir ao banheiro, combinando de encontrá-los na calçada do colégio. Uma vez reunidos, tomam o caminho de volta à vila, que agora é mais lento devido ao aclive entre as ruas Bandeirantes e Guarani. Cruzam a rua em frente à sinagoga dos lituanos e sobem pela calçada do açougue *kasher*, hoje fechado. Passam pela padaria San Remo, cujo aroma de pão fresco lhes abre o apetite. É nesse momento que Zsófia dá a ideia de irem almoçar todos juntos. Entre o olhar aprovativo da mãe e a dificuldade de encontrar uma justificativa para isentar-se do encontro, o silêncio de Tuvia e de Arnaldo é a aceitação tácita esperada por Zsófia. Diante da indagação para o melhor lugar para almoçar, Tuvia se adianta e surpreende a si mesmo ao propor:

"Que tal a Ouro Branco?"

Seria um ensaio para o próximo mês. Claro que risco haveria de encontrar conhecidos hoje, afinal, muita gente circulava pelo bairro no feriado. Entretanto, um almoço perto de meio-dia era a chance de visitar o local sem as aglomerações que certamente ocorreriam em menos de uma hora. Não há a necessidade de entrarem em casa. Só apanham o carro estacionado na vila e rumam para a parte baixa do bairro, para onde uma caminhada era distante o suficiente para justificar o deslocamento com o automóvel.

Já havia um tempo que a família não se reunia naquela tradicional cantina à rua dos Italianos. A chegada em horário precoce é recompensada com a oferta do garçom para que escolham onde desejam se sentar, apontando para os salões à direita ou à esquerda da entrada, sugerindo que era um dia livre para escolha por uma ou outra opção. Senhora dos ambientes e grupos por onde anda, Zsófia não oferece tempo ou consultas entre os demais. Toma a direita e ajeita a mãe na primeira mesa mais próxima. Tuvia busca uma cadeira na qual dê as costas para o salão e olhe fixamente para a mãe ou a parede diante de si. O incômodo de ter Arnaldo ao seu lado é aliviado por não ter de virar o rosto ou sequer lhe dirigir a palavra. Enquanto Tuvia passa brevemente pelo banheiro para lavar as mãos, Zsófia reforça o pedido para que o marido não provoque nenhuma cena e mantenha o almoço em família longe de constrangimentos. Quando retorna, já há pães italianos em cestos sobre a mesa de toalhas quadriculadas e o cardápio ao lado dos talheres. Embora seja notório o generoso tamanho dos pratos, Tuvia escolhe *capeletti* à bolonhesa, sem que outros tenham a possibilidade de combinar possíveis refeições compartilhadas. Não está disposto a dividir nada. Tranca-se em um mundo à parte, enquanto os demais conversam amenidades. Uma vez mentalmente anotados, pois garçom que se preze na Ouro Branco decora os pedidos sem os escrever, Zsófia anuncia:

"Estou pensando em visitar a Bia, o que acha, Tuvia?"

Tomado de absoluta surpresa, balbucia:

"Hum... que, que bom... qu... quando?".

"Pensei logo após o Natal. Assim o movimento no consultório diminui e não faz muita diferença. Até meados de janeiro, nada de muito importante acontece mesmo."

"Bia sabe disso?", arrisca Tuvia.

"Não, pensei em fazer surpresa. Já sei que ela vai estar por lá, por conta do trabalho e dos estudos."

Toda a conversa era falada no singular, o que deixava claro ser uma viagem somente dela e não do marido. Podia ter aproveitado a ocasião e dito que a sobrinha o havia convidado para uma ópera, talvez pudessem ir juntos, afinal. Mas como explicar o convite de Bia, que claramente não chegou aos demais? Assentir e calar era o melhor que podia fazer. Tampouco poderia avisar à sobrinha, pois estragaria a surpresa da mãe. Arnaldo mantinha-se calado. O único ruído que produzia era fruto do partir do pão com as mãos e o leve chuchar em azeite e aceto balsâmico fartamente derramados, sem se misturarem em pires, ao seu lado.

"Me parece ótimo... Bia vai adorar." É o melhor que encontra para dizer à irmã.

"Não disse, Arnaldo? Ele também acha uma boa ideia." O que deu a entender que o cunhado talvez não tivesse aprovado o plano da esposa, quando com ele compartilhado. "Você se vira enquanto estiver fora?" Olhando para Tuvia, Zsófia aponta com a cabeça para a mãe ao seu lado.

"Claro... sem problema."

O que mais poderia ter dito Tuvia?

Daí em diante, do *capeletti* ao café, Tuvia manteve-se em seu mundo. Notou um quadro à sua frente e dele não despregou os olhos. Já o havia visto outras vezes, destoando de algumas imagens de cidades italianas. Estampava a foto de um guepardo correndo livre pelas savanas africanas. O recorte da foto não permitia ver mais do que o próprio animal. Era impossível saber se corria atrás ou se fugia de algo. Se era presa ou predador. Se tivesse a possibilidade, Tuvia adoraria entrar na foto e alargar o horizonte para entender a cena. Se presa fosse, por mais que corresse, não era dono de seu destino. Um dia cansaria e seria agarrado, por qualquer que fosse seu algoz. Se bem-sucedido na fuga, ainda que muito veloz, já não era senhor dos caminhos de suas escolhas. Acuado pelo predador, reagia para onde fossem abertas as poucas opções, que já não eram suas. Se predador fosse, ainda assim era escravo do que perseguia. Não era livre. Ninguém é.

A conta é paga enquanto o estado de torpor segue, o que para Arnaldo pode ser interpretado como alienação ou recusa em dividir o custo do almoço. Enquanto o marido busca o carro estacionado na garagem do restaurante, do outro lado da rua, Zsófia aproveita o momento e indaga o irmão:

"Encontrei a Betina, sua ex-colega de turma, nas escadas, depois da votação. Pena que você não estava ao lado. Ela me disse que vai haver um reencontro de turma no mês que vem, você está sabendo?", pergunta com uma curiosidade que Tuvia sabe não ser despretensiosa.

"Sim... recebi o convite."

"E você vai?", arrisca em tom de encorajamento.

Sem saber como se desvencilhar da irmã e tendo a mãe a tiracolo, põe as mãos nos bolsos, busca com os olhos o cunhado, que tarda em trazer o carro, e bufa, enquanto fecha levemente os olhos.

"Ainda... ainda... não me decidi."

Em tom mais baixo, aproximando-se dele para que não o constrangesse próximo de Eszter:

"Tuvia, você tem tomado seus remédios regularmente?".

"PPPPor que essa pergunta agora?", responde, surpreso.

"Nada, é que tenho notado você mais irritado por qualquer coisa, ou distante no meio de nossas conversas, como se estivesse num mundo paralelo. Está tudo bem?"

"Sim e sim. Tomo tudo… regularmente, e estou bem." Embora até seria bom que fosse capaz de ser menos disciplinado, mas isso não compartilha com a irmã. "Nada que você… precise se preocupar", complementa após uma longa pausa.

A carona de volta à casa da vila é rápida. Ao descerem do carro, Zsófia os acompanha para poder abraçar a mãe mais uma vez na porta de entrada, enquanto o marido segue em frente ao volante, em posição de motorista, na ilusão de quem dirige. Ao se despedirem, Zsófia anuncia que os aguarda no jantar de sexta, como de costume. O tom mais alto deixa claro que o recado não era somente à mãe e ao irmão, mas a Arnaldo, que finge não ouvir, ajeitando o espelho retrovisor. Se um encontro por semana já representava o limite do insuportável, pensar em sentar-se à mesma mesa novamente em poucos dias era um risco de overdose, tanto para um quanto para outro.

Os ruídos do bairro chegam dentro de casa. A festa democrática segue na tarde paulistana e por todo o país, em seus distintos fusos horários, até que a última urna seja lacrada e os trabalhos de apuração de votos possam ser iniciados. O primeiro turno das eleições revela um país sedento pelo novo, ainda que ele difira em muito, dependendo dos resultados a serem confirmados no mês de dezembro. Qualquer que seja o desfecho, tem-se a impressão de que o país caminhará para rumos distintos dos últimos muitos anos.

Se há algo de que um afinador precisa é equilíbrio. Dias intensos agitam a vida de Tuvia, tanto nos grandes movimentos do país, que pouco lhe interessam, quanto nas batalhas interiores. A conversa com a irmã após as eleições o retirou de seu centro de gravidade, que já não era confiável. O que antes era um segredo, sempre escondido nos convites guardados de outros anos, agora é de tal forma público, que até sua irmã tinha ciência. Conhecedor de sua personalidade, Tuvia está seguro de que a irmã voltará à carga para se certificar de sua presença no encontro de ex-alunos. Não basta sua própria consciência, adiciona-se um auditor externo ao rol de suas cobranças. Por outro lado, não tem bem claro como resolver o impasse criado pela possível visita surpresa de Zsófia a Bia, em Londres. Em algum momento, terá de confirmar ou cancelar sua ida, mas Bia desconhece as intenções da mãe, tanto quanto Zsófia desconhece o convite da filha ao tio. Tuvia não sabe qual palito pega primeiro neste pega-varetas em que sua vida se encontra.

Em dias conturbados, Tuvia encontra refúgio na visita anunciada pela correspondência manuscrita guardada na página de sua agenda, após lida no balcão do bar. Não mais que endereço, nome e horário são ofertados, no pedido de visita para avaliação de seus serviços.

A casa isolada pela presença da natureza ao seu redor cria um mundo à parte, cuja luz do dia permanece lá fora. Tuvia anuncia sua presença e propósito a uma empregada, que o conduz sala adentro. O silêncio instalado só é rompido pelo caminhar nos pisos de madeira, que rangem com seu deslocamento. Nota um cuidado especial da moça ao locomover-se, flutuando com a discrição de uma gata medindo cada passo para disfarçar o peso de seu corpo. É engolida casa adentro após lhe dizer que a patroa já viria atender. Como não fora oferecido que se sentasse, a única coisa que lhe resta é permanecer em pé, observando o ambiente iluminado somente com a luz natural, sem nenhuma luz acesa. Caminha com os olhos, evitando ruídos indesejáveis, escrutinando tudo o que a vista alcança. Como um periscópio, gira em torno de seu eixo, mirando os distintos cantos da grande sala que tem à frente. Móveis escuros, entre cadeiras, poltronas, mesa de centro, bufês de apoio, todos distribuídos com austeridade. Dão a impressão de que distâncias e ângulos foram medidos e ali devem permanecer, para que a harmonia não seja interrompida. Estão interligados por tapetes que os unem, para evitar o risco de que o equilíbrio se rompa. A demora para que alguém apareça é um convite para que a investigação prossiga. Com os olhos já acostumados à luz do ambiente, Tuvia nota o piano, razão de sua visita, mas é abduzido pelo significativo número de livros esparramados por infindáveis estantes. Sendo a casa de um compositor, é marcante a ausência de qualquer som, envolvida pela vasta biblioteca. Tuvia tem a impressão de que ouvirá a qualquer instante vozes vindas dos livros, clamando por atenção e leitura. Arrisca uns poucos e comedidos passos, a fim de enxergar títulos, pistas para a formação dos residentes. O primeiro que vê é uma edição de correspondências de Goethe, próxima a Hölderlin e Hoffmann. Com medo de que seja interrompido, percorre com o olhar, como se fosse um juiz de tênis, movendo a cabeça ora à direita, ora à esquerda, buscando catalogar o máximo de autores e obras, para penetrar a mente do músico. Tuvia quer compreender a gênese de sua inspiração, o motivo de suas inquietações. Shakespeare, Eurípedes, clássicos gregos e românticos alemães. Em meio a livros, há um número considerável de bustos com a conhecida face de Beethoven. Os cabelos revoltos e o olhar inflamado emprestam uma música retumbante que reverbera na cabeça de Tuvia sem que uma nota seja tocada. Algo como o silêncio no qual o compositor surdo mergulhou em anos de produção solitária, incapaz de ouvir o que registrava em partitura. Alguns servem de separadores de livros, outros são adornos espalhados pela sala. Deixam clara a preferência que reina na casa. Cervantes, Jean Paul e vários títulos de Dostoiévski e Nietzsche. Ao mover-se entre as prateleiras, o afinador percebe a vastidão de interesses.

Crítica do materialismo, estudo da vida dos animais, teosofia. Junto da poltrona, uma pequena mesa redonda de apoio é o descanso para um volumoso livro de Eduard von Hartmann, sobre o qual repousam óculos de finos aros. Diante da imensidão de opções, como criança em loja de doces, Tuvia deseja tudo e tem dificuldade de escolher para onde dirigir o olhar. Mareado pela profusão de autores e títulos, não percebe a aproximação da dona da casa.

"Aprecia a literatura, sr. Frenkel?" A forma direta e o tom empregado tomam Tuvia de assalto, perdido em seus próprios pensamentos. Busca transportar-se de volta ao presente.

"Desculpe-me. Sim... quero dizer... vocês têm uma biblioteca e tanto por aqui." É o máximo que consegue devolver, enquanto se recompõe e volta o rosto em sua direção.

"Meu marido e eu temos o hábito de ler um para o outro todas as noites."

"É notável. Estou impressionado com o espectro de assuntos." Visivelmente embaraçado, Tuvia demonstra, com seu nervosismo, toda a surpresa ao encarar rosto de tamanha beleza. Traja um vestido de cor clara, com pequenos detalhes floreados, realçando o busto saliente, que é em parte escondido por um xale descaído sobre os ombros. Olhos tristes e severos emolduram um semblante sedutor. Nariz e boca parecem ter sido esculpidos à perfeição. Os cabelos, que sugerem ser fartos, estão presos por algum objeto no alto da cabeça altiva. Embora só estivessem ambos na sala, Tuvia tem a certeza de que esta mulher se transforma no centro das atenções em qualquer recinto, mesmo que haja centenas de pessoas ao redor. É impossível não ser imantado pela atração de olhar tão penetrante. Misto de medusa e sereia de voz angelical.

"Perdão, muito obrigado pelo convite. Não quero fazê-la perder tempo."

"O senhor vem muito bem recomendado. Gostaria de me acompanhar, assim lhe mostro os instrumentos?" Com um movimento leve de seu braço direito, ela o convida a segui-la para o outro canto da sala, onde o *grand* piano alemão Blüthner aguarda para ser avaliado. Senta-se e, em movimentos rápidos, mostra ser conhecedora da arte tanto quanto o marido. Não foram mais que alguns compassos, mas deixa clara a mensagem de que os serviços não eram só para o esposo.

"Gostaria que o senhor avaliasse os mecanismos e a afinação. Temos também um Conrad Graf antigo em outro ambiente e um baby-piano, que é a paixão de meu marido, em seu estúdio de composição." Sem esperar por qualquer reação, distribui ordens claras de quem sabe o que quer, enquanto a moça da entrada se aproxima com uma bandeja em mãos. "Prefere seu chá com açúcar, talvez um pouco de leite?", prossegue a dona da casa.

"Muito obrigado. Estou bem. Não é necessário." O medo de que possíveis tremores denunciem os nervos faz com que Tuvia educadamente recuse a oferta. Melhor ter as mãos ocupadas pelo ofício. "Se não se importa, gostaria de abrir o piano e iniciar meus trabalhos."

Ela deixa a sala, mas o aroma de chá misturado ao seu perfume permanece na mente de Tuvia, que divaga sem controle. Sem dúvida, há uma semelhança com Irene, o que o atira ao passado nunca resolvido. Durante esses anos todos, poucas foram as mulheres que passaram por seu caminho. Como vieram, foram-se, nada representaram. Não mais que pequenos casos, encontros que duravam de algumas horas a poucos dias. Gastou uma vida na expectativa do reencontro que nunca aconteceu. O sentimento de rejeição nunca o deixou, quando, após aquela mágica tarde, sem que nada fosse dito, Irene desapareceu. Não havia escola para retornar após as férias. Cada um tomaria outro rumo. Às aulas de piano na Dona Olga, Tuvia nunca mais regressou após o surto, tampouco Irene, que não o procurou ao retornar de viagem. Era certo que sabia do falecimento do pai de Tuvia, mas nenhuma visita ou palavra de consolo foi recebida. As poucas tentativas de encontrá-la no portão do edifício à rua Amazonas foram frustradas por longas esperas e recados não dados ou nunca correspondidos. Dias se converteram em semanas e meses. Anos de silêncio para serem interpretados conforme o desgosto do freguês. Até aqui, Tuvia nunca havia projetado o rosto de Irene em qualquer mulher. Os eventos dos últimos dias, entretanto, haviam mexido com a pouca ordem que o habitava.

De volta à luz tênue de seu quarto na vila, o afinador planeja a próxima visita, na qual espera pôr mãos à obra em cada um dos três pianos da casa. Espera rever, é claro, a mulher que o intimida e seduz a um só tempo.

Capítulo 4

O recado de que Arnaldo não poderia buscá-los para o jantar de sexta-feira veio acompanhado de um pedido que Eszter e Tuvia pegassem um táxi. O marido teria um compromisso de trabalho na zona sul da cidade, em visita a um fornecedor, enquanto Zsófia voltaria direto do consultório à casa, para que tudo estivesse pronto em tempo. Em outros momentos, Tuvia teria compreendido sem nenhuma desconfiança. Nas circunstâncias atuais, porém, soava mais uma desculpa para não ter de aturar o cunhado no caminho, o que para Tuvia também era um alívio. Com papelzinho de recado em mãos, Teresa informa ainda a Tuvia que sua irmã lhe pede para trazer um pão doce e vinho igualmente doce. Com sorte, uma corrida até o sr. José, na rua Guarani, resolverá as duas encomendas. Quando há pequenas distâncias a serem percorridas, estimula que a mãe o acompanhe. O médico havia recomendado manter não só a mente mas também o corpo ativo, como forma de prolongar a incurável condição de Eszter. Também era uma oportunidade de situar a mãe no dia da semana e o propósito do jantar.

O trajeto é cumprido a passos lentos. Eszter sofre com o calor e a caminhada. Não reclama, mas demonstra todo o esforço que as poucas quadras representam em seu organismo. Na fila que se forma desde a calçada, muitas são as outras pessoas idosas, o que não serve como justificativa para atendimento preferencial.

"Tuvia, o que é esta fila? O que tem aí dentro?"

Nem a fachada, nem o aroma fazem Eszter reconhecer onde está. Apesar das explicações há pouco dadas, as tramas do sentido se desfazem, e a costura de sua compreensão se desprende, como se puxado o fio que desfaz o tecido da memória. Chegada a vez, descobre-se que a *chalá* doce já se esgotou. Restam ainda algumas poucas salgadas. Tuvia decide então acompanhar com pastrami fatiado e uns tantos pedaços de pepino em conserva. Ambas escolhas certas ao paladar de Arnaldo, embora não queira admitir surpreendê-lo com seus gostos. Adiciona uma garrafa de vinho, esse sim doce, e está pronto para pagar a conta. Até a porta de casa, foram necessárias ao menos três paradas para que Eszter recobrasse o fôlego. Um envelope pardo estava jogado no piso da entrada. Carregando as sacolas com uma mão e o braço da mãe com a outra, acha prudente deixá-lo ali mesmo. Como ainda havia tempo até que saíssem, Tuvia pede que a mãe se deite, assim estaria recuperada para a curta viagem até Santa Cecília. A última coisa que queria era alarmar a irmã dizendo que Eszter não se sentia bem.

Volta ao portão e agarra o que revela ser uma correspondência da Inglaterra. Sem que tivesse tempo de responder ao convite de Bia, ela lhe manda um pacote, desta vez mais pesado para ser somente uma carta. Rompe o lacre e descobre um livro, com marcador à primeira página. Lê, curioso, o título e autor que desconhece: *The Remains of the Day*, Kazuo Ishiguro. No espaço em branco da contracapa, reconhece a caligrafia familiar da sobrinha:

> *"Para passar o tempo até a viagem. Acabei de ler. Você vai adorar. Aguardo a visita, com seus comentários. Bia, Londres, novembro/1989."*

Percebe que o livro não é novo. Trata-se do mesmo que Bia leu. Uma breve folheada mostra inúmeras anotações, costume antigo, que, embora poluidor, deixa pegadas de interesse, espanto, admiração e tantas outras reações de Bia, que nunca reteve em si qualquer sentimento. Explode e transborda tudo. Para ela, não há dentro e fora. É incapaz de conter-se. Estampa no rosto, nas palavras que escreve, ou que saem de sua boca, a coerência de um ser integral. Tuvia admira a retidão da sobrinha com seus princípios, assim como a demonstração de seus desejos e paixões. Lê brevemente a quarta capa e as orelhas do livro. Intriga-se com o nome japonês, de autor inglês, nascido em Nagasaki. Em sua ignorância, não mais que uma cidade-alvo, destino da devastação. Segura nas mãos o que representa seu renascimento. É inevitável a excitação e ansiedade por iniciar a leitura. Entender as razões pelas quais Bia se encantou e quer compartilhar com ele. Tudo isso terá de aguardar pelo menos até a volta do jantar. Não pretende dividir com a irmã o que acaba de receber, sem ter claros os planos da visita surpresa. Percebe o quanto faz o caminho inverso de Bia. Enrola-se como um tatu-bola sobre si mesmo. Guarda segredos ou finge-se de morto para que outros não notem o que encastela em sua armadura. Reflete quem dos dois utiliza estratégia mais segura ou vulnerável.

O normal seria caminharem até a esquina da Prates com a Três Rios, local onde se encontra um ponto de táxi. São menos de cem metros, mas Tuvia prefere não arriscar mais desgaste. Telefona e pede que o carro se desloque até a porta. O que para muitos seria motivo de uma resposta atravessada, afinal, o motorista teria de dar uma boa volta no quarteirão até entrar na vila, deixa de ser razão para desentendimento, tão logo Tuvia se identifica. A família é velha conhecida dos motoristas que lá estacionam há anos seus veículos. Com a ajuda do filho, Eszter entra e sai do carro com uma lentidão nova.

Da porta de entrada, Zsófia agradece as sacolas nas mãos do irmão. Abraça a mãe, enquanto deposita sobre a mesa, uma por uma, as encomendas.

"Pepino azedo! O Arnaldo vai enlouquecer. O que é isto, pastrami?"

Tuvia não tem tempo de se desculpar pela *chalá* salgada, quando Arnaldo surge na sala. Um pequeno aceno de cabeça na direção do cunhado e o agradecimento estava dado. O ar mais cansado do que o habitual na mãe logo chama a atenção de Zsófia, que encontra uma desculpa para chamar o irmão na cozinha.

"Aconteceu alguma coisa? Por que ela está tão prostrada?"

O levantar de duas mãos espalmadas e o leve fechar de olhos é o máximo que Tuvia esboça para responder às indagações da irmã. Sabedor de que Zsófia tem uma tendência alarmista e solucionadora de problemas, teme que mais assuste a mãe do que a ajude.

"Talvez seja o calor", arrisca Tuvia, sem grandes convicções.

"Tem algo de errado com ela. Vamos observar um pouco, caso contrário, damos um pulo no hospital", responde Zsófia, já em modo acionado de resolução de tarefas.

"Justo agora que comprei as passagens para visitar a Bia. Quem sabe, não seja melhor cancelar tudo."

Desarmado, Tuvia reage com uma afirmativa:

"Não tem motivo… Você vai… Ela vai ficar bem… não há de ser nada."

De volta à sala, notam que Arnaldo já havia se servido e iniciado o ataque aos pepinos, ao que a esposa o reprime para que espere pelo menos até as bênçãos de vinho e pão. Não mais do que o amém foi ouvido da boca de Tuvia até o fim do jantar. Mergulhou em uma meditação profunda, tendo como desculpa a boca cheia, não indo além do assentir ou responder com um "hmmm" ou outro som do estilo. Por um lado, estava aliviado; não havia mais motivo para desgaste e reflexão, uma das escolhas já estava feita por ele. Nada mal para quem tem o hábito de postergar decisões. Não iria mais visitar a sobrinha, uma vez que a irmã a surpreenderia. Por outro lado, o restante do jantar fora absorvido em pensar qual desculpa daria a Bia para a recusa do convite, sem revelar as intenções da mãe.

Zsófia investe o tempo investigando sinais da mãe, perguntando se a comida está boa e como se sente. Diferente do apetite costumeiro, Eszter brinca com o garfo que pouco leva à boca, como se desenhasse figuras com alguns tomates, cebolas fatiadas e azeitonas ornando seu prato. Em um momento, chegou mesmo a cochilar à mesa, fato que não escapou ao olhar atento da filha, enquanto o genro mastigava ruidosamente, fazendo espocar pepinos verdes entre seus dentes e o céu da boca. Ao ver que a mãe transpira, chega a pensar que o calor possa ser de fato a razão de mal-estar e uma possível baixa na pressão. Traz um ventilador para perto da mesa e oferece um pouco d'água, explicando a importância de ela hidratar-se. Ambos são aceitos sem que seja possível discernir concordância ou sequer compreensão. Em relação a Eszter, já não é mais caso de quem cala consente.

O arrastado jantar termina com *strudel* de maçã polvilhado de açúcar de confeiteiro, recém-retirado do forno, e uma rodada de chá. Uma ligeira reação de alegria cobre o rosto da matriarca, mas não dura o suficiente para que vá além de duas dentadas. O chá permanece intocado. Zsófia acompanha com o rabo do olho a fumaça rarefazer-se até que a infusão esteja fria. Já não sabe se ocupa a cabeça com a saúde da mãe ou a vontade de ver a filha.

Envergonha-se de pensar em si, por desejar aproveitar o tempo com Bia, e em deixar para Tuvia a responsabilidade de cuidar da mãe. Tampouco lhe foge a preocupação de que o irmão talvez não esteja bem o suficiente para a missão. Olha para o marido e nele não enxerga grandes recursos, caso seja necessário. Sua noite não será de descanso pleno. Há muito que demora para pregar os olhos.

O noticiário no carro encobre o diálogo que já não existe entre Arnaldo e Tuvia. Eszter tem o olhar fixo na janela. O que vê é um mistério para os outros, mas sobretudo para ela. Zsófia ficou para ordenar a casa e lavar a louça. Após recolher a mãe à cama, Tuvia deixa-se jogar na poltrona da sala. Zyssale, que dormia o sono dos papagaios justos, é despertado pela leve música de fundo. As *Suítes* de Bach não tardam em devolvê-lo à letargia usual, enquanto o afinador de pianos se deixa levar pelas histórias do mordomo Stevens, nas linhas bem-construídas de Kazuo Ishiguro. A noite mal dormida e bem aproveitada elucida muito do pouco que Tuvia sabe sobre os ingleses e seus costumes.

Movida por culpa ou preocupação, Zsófia visita a mãe no sábado e no domingo, além de dois ou três telefonemas para se certificar de como ela se sente. Paira no ar o não dito, mas compreendido. O irmão não é o bastante para aquietar sua intranquilidade. Precisa ver, diagnosticar com as habilidades de profissional de saúde que é, embora a convivência diária de tantos anos confira a Tuvia boa posição para opinar. Exceto quando se trata de notas musicais precisamente alocadas, sua opinião não é o que outros costumam buscar. Mesmo no início do jantar, na sexta-feira, Zsófia perguntou por algum evento, um fato ocorrido, que tenha mudado a apresentação da mãe, não exatamente o que Tuvia achava. Semelhante abordagem foi a tônica do fim de semana. Comeu bem, dormiu, hidratou-se, mostrou energia e por aí seguiu a triagem das últimas horas, como se enfermeira fosse questionando um acompanhante a quem recém conhece. Fez um telefonema ao médico da mãe no domingo pela manhã, apesar de ter relutado ao máximo a incomodá-lo em dia de descanso. Diante da dúvida, a recomendação foi levá-la ao hospital. Mal não faria um exame clínico, amostras de sangue e, se necessário fosse, quem sabe um soro para levantar a paciente. Sabedor do desconforto que isso provocaria na mãe e avesso ele mesmo ao ambiente hospitalar, Tuvia foi voto vencido, embora eleição não tenha ocorrido. O papel que lhe restava era o de acompanhante, cuja consulta tampouco foi feita. Estava implícito no telefonema breve da irmã, no qual ele foi informado que iriam ao Hospital das Clínicas, onde um colega veria a mãe no fim da tarde.

"Estejam prontos em vinte minutos, que passo para apanhá-los."

O singular por parte dela e o plural de seu lado eram claros sobre quem vinha e quem iria acompanhar Eszter. Pragmática, Zsófia queria em um só movimento certificar-se de que a mãe estava bem atendida, mas também compreender rapidamente se a viagem à Europa era inviável. Com o consultório cheio, o melhor era aproveitar o domingo, em lugar de desperdiçar a semana em busca de respostas e perda de receita.

O hospital público reflete as desigualdades e os privilégios que assolam o país. Ter amigos pode ajudar a furar a fila e ser atendido mais rapidamente. Isso fica claro logo à chegada do pronto-socorro cheio, com pessoas pelos corredores, ou em pé, ao lado de cadeiras ocupadas na sala de espera, aguardando atendimento e justiça social, que tardam em chegar. Fins de semana podem ser particularmente agitados em grandes hospitais como as Clínicas. Zsófia pede que Tuvia aguarde com a mãe enquanto visita o interior da recepção, em busca do tal colega. Não são necessários mais do que quinze minutos para que Eszter esteja dentro da sala de triagem, enquanto os demais se limitam a se entreolhar resignados ou fingir interesse pelo televisor sem som que jorra imagens mais nocivas do que curativas. As cenas de um pronto-socorro entram pelos poros, invadem todos os sentidos. Tuvia parece estar mais afetado que a mãe, colocada em uma cadeira na pequena baia onde a enfermeira inicia seu questionário. O diálogo é curto, entrecortado por perguntas breves, às quais são respondidas por Zsófia, como se a paciente fosse um objeto carregado a tiracolo. Mede-se a pressão arterial, tira-se a temperatura, anota-se algo na prancheta, e logo estão de volta à sala de espera. É a especialidade de Eszter, já há algum tempo, aguardar.

Outros dez ou quinze minutos e o colega de Zsófia os chama para a consulta em outra sala. Um sujeito tão simpático quanto cansado os atende com um sorriso ensaiado e olheiras de panda marcantes ao redor dos olhos. O reencontro entre colegas é saudado com alegria e brevidade. Apesar das apresentações, dois conversam e dois assistem. Após um exame clínico, o colega solicita exames laboratoriais, feitos ali mesmo, no conjunto hospitalar. O expediente de Zsófia garante que tudo seja conduzido na maior eficiência, embora não possa evitar o desgaste e a exaustão da mãe. Seu jeito educado e assertivo convida todos a cumprirem com suas reponsabilidades em tempo e qualidade. Não tem vergonha de pedir, perguntar, por vezes até exigir. Tuvia recolhe-se em seu papel de coadjuvante, empurrando a mãe em uma cadeira de rodas providenciada após solicitação da irmã. Os únicos momentos em que foi questionado se referiam ao que Eszter havia comido e bebido nas últimas horas. Mesmo as questões de rotina foram respondidas pela irmã, como se ela convivesse com a mãe para saber seu movimento intestinal, sono ou medicamentos. Antes de deixarem o consultório, Zsófia pede que Tuvia leve a mãe ao corredor, assim tem a privacidade necessária para falar sobre o diagnóstico de Eszter. Antes de deixar a sala, porém, Eszter agradece ao doutor e acrescenta:

"Meu marido está esperando lá fora, até logo."

Por sugestão do médico, a família deixa o hospital para aguardar os resultados em casa. Ainda que possam trazer qualquer motivo de preocupação, não se espera que Eszter permaneça nas Clínicas. A tarde ainda não havia caído quando tomam o caminho do Bom Retiro.

"O que você acha de eu levar a mamãe para minha casa?", Zsófia se dirige ao irmão, olhando pelo espelho; Tuvia está sentado no banco traseiro, ignorando a presença da mãe ao lado da irmã, no banco da frente. "Quem sabe, ela passa uns dias por lá e eu reorganizo minha agenda no consultório."

"Por que você… por que você não pergunta… para ela?", retruca Tuvia em claro tom de desacordo, não com a sugestão, mas com a completa desconsideração de que a mãe estava ali e poderia fazer valer suas próprias preferências. Apesar da boa intenção dele, era difícil assegurar que Eszter estivesse realmente ali. Alheia, nem sequer percebe que a conversa gira em torno de onde vai dormir esta noite ou as seguintes.

A consulta soa como uma pergunta retórica. A mãe aceita o convite sem protestos, em resposta curta:

"Se você acha bom, então vamos."

Uma pequena maleta é feita para passar um par de dias e já estão de volta ao carro, para deixar a vila. Tuvia fecha a porta e dá a volta no carro junto da irmã, enquanto a mãe não pode escutá-los.

"Você sabe que é melhor para ela… ficar em casa. Em ambiente conhecido."

"Não foi você quem pediu que eu perguntasse a ela?", indaga Zsófia, convencida de que a mãe não fizera uma escolha consciente, mas havia seguido o protocolo imposto por Tuvia.

"Isso só vai causar mais... mais desorientação a ela", retruca, inconformado e sabedor de que o motivo do deslocamento se deve à suspeita de que ele não seja a opção mais segura de cuidados.

"Não se preocupe, em dois ou três dias ela está de volta. Aproveite para descansar também." Com uma leve mudança no tom de voz e agora os dois braços apoiados nos ombros de Tuvia, Zsófia emenda: "Me deixe fazer algo por ela e por você, por favor, pode ser?".

Nada mais havia a ser dito senão assentir, com um longo suspiro vencido. Com uma manobra na vila sem saída, Zsófia faz a volta com o carro e desaparece na tarde de domingo. Tuvia retorna para dentro da casa quieta, acompanhado de seus próprios passos e da sombra que o precede na luz projetada em suas costas. O silêncio é diferente do vazio. Há muito está acostumado ao primeiro, mas o segundo é uma novidade perturbadora pelos cômodos da casa. Como quem percebe a injustiça, Zyssale se faz presente para garantir que Tuvia não está só e anuncia fora de hora:

"Bom dia, Tuvia, bom dia", diz, mexendo a cabeça lateralmente. Com um pulo rápido na cozinha, Tuvia deixa uma água no fogo e retorna à sala, onde escolhe um LP há muito não ouvido. Entre o preâmbulo da orquestra e o solo inicial de Rostropovich, soa o apito da chaleira, o que faz com que Tuvia interrompa a faixa e levante a agulha. Traz o chá para a sala e reinicia a audição do *Concerto para Violoncelo*, de Dvořák, enquanto se senta à poltrona.

A nova visita para afinação dos três pianos inicia conforme o previsto. O plano era realizar os reparos necessários em cada instrumento, dar a manutenção devida e então afiná-los com o menor distúrbio possível ao dono da casa, que era sabidamente sensível a quaisquer ruídos. Empregados eram orientados a andar pela casa na ponta dos pés e não lhe dirigir a palavra, para evitar interrupções de seu processo criativo ou gênio intempestivo. Nesse espírito, Tuvia é recebido pela mesma empregada da visita de avaliação e orçamento, que o dirige à sala onde, imóvel, repousa seu primeiro trabalho. Um sol leve penetra o ambiente e traz uma luz quente e alaranjada, tornando o local mais aconchegante. Os livros lá seguem, nas estantes, mas repara na ausência dos óculos e do volume sobre a mesa de apoio ao lado da poltrona. Retira da bolsa o necessário. Martelo, chaves, um pequeno alicate e o suficiente para repor algumas peles de carneiro. O instrumento precisa de pequenos reparos e limpeza antes de iniciar a afinação. A oferta de um chá interrompe por uns instantes os afazeres, que Tuvia aceita com gosto, uma vez que o nervosismo inicial já o abandonara. Está só, ou pelo menos acompanhado da empregada que não lhe traz qualquer perturbação ou ansiedade. Enquanto desfruta do aromático chá que sabe a uma mistura de romãs e laranjas, aventura-se pelas estantes mais uma vez.

"Alguma preferência em particular?" De forma abrupta, uma voz masculina se aproxima, sem que Tuvia tivesse tempo de esconder o olhar curioso sobre a biblioteca. Por sorte, o chá sai ileso, embora o tremor nas mãos denuncie o golpe.

"Ahhh... perdão... estava fazendo um intervalo e tomando um chá. Desculpe-me se fui inconveniente." O afinador vira-se em direção ao timbre questionador de barítono. A esposa havia agendado aquele horário, justamente para evitar o incômodo ao marido, que agora se fazia presente.

A surpresa fora transferida para o dono da casa, que não esconde no rosto e na fala o espanto:

"O senhor tem algum parentesco com Lipiner, quero dizer, Siegfried Lipiner?"

"Creio que não, maestro. Desculpe, posso chamá-lo assim?", arriscou, prudente, o afinador.

"Sim, claro. É impressionante a semelhança, exceto a ausência da barba. Mas os olhos, os cabelos, a mesma expressão. Incomoda-se se pergunto de onde é?"

"Minha família é de Budapeste. Desculpe a falta de modos, sou Tuvia Frenkel…"

"O afinador de pianos", interrompe sem lhe dar chance de completar a frase, "que, segundo a minha esposa, veio muito bem recomendado. Gosta de livros?", seguiu o questionário, dominando a conversa, como lhe era peculiar em qualquer ambiente ou audiência.

"Sim, posso dizer que aprecio muito a companhia dos livros. O senhor tem uma vasta biblioteca…"

"Sr. Frenkel, ainda não respondeu à primeira pergunta. Alguma preferência em particular?", atravessa, ansioso, o músico.

"Difícil escolher um só nome. Talvez Dostoiévski seja uma boa opção", arrisca Tuvia, sabedor de que o russo agradaria ao interlocutor, dada a pesquisa na primeira visita.

"Nenhum parentesco tampouco com dr. Joseph Fraenkel? Trata-se de meu médico."

"Temo que não, maestro", responde o afinador, ainda atordoado com a quantidade de questionamentos e saltos entre um assunto e outro. "Até onde sei, não tenho médicos na família".

"Boa escolha. Quero dizer, Dostoiévski. Está seguro de que não tem nenhuma relação com Lipiner?", insiste o compositor, incrédulo com a semelhança.

"Não creio. Perguntaria a meu pai se estivesse vivo ou à minha mãe, mas não acredito que sua memória seja confiável no momento." Tuvia termina o chá e, preocupado em ser um incômodo ao maestro, pede licença para seguir os trabalhos.

O maestro segue na sala. Senta-se à poltrona individual e abre o que a alguns passos, onde Tuvia se encontra, assemelha-se a uma partitura, pelas dimensões maiores que um livro. Receoso de provocar ruídos, busca ser o mais discreto possível, embora para a afinação seja inevitável o incômodo sonoro.

De estatura baixa, como era o imaginado, o homem tem ombros largos e aparência forte, o que surpreende Tuvia. Dependendo do ângulo, ora lhe parece um homem jovem, ora um sujeito mais entrado em anos. Os cabelos são pretos, iniciando após uma testa alta, e os olhos castanhos de uma marcante presença, ainda que por trás dos óculos de raro design circular, acima do nariz afilado. A boca é finamente delineada e quando se abre revela dentes de alvura contrastante com a pele bronzeada de quem desfruta do sol e exercícios físicos. Não só enquanto fala, mas também sentado, o homem bate levemente o pé direito em ritmo peculiar, mais afeito a um tique nervoso, nota Tuvia. Não pode deixar de reparar nas unhas roídas até a raiz, o que empresta um aspecto pouco condizente com o distinto homem vestido de forma elegante e cujas mãos estão sempre em evidência, seja regendo ou ao piano. Com as advertências fornecidas pela esposa e a fama que antecedia o maestro, Tuvia fora pego desprevenido com a prosa solta e a rapidez com que o engajou na conversa. De certo, a semelhança com o amigo Lipiner havia desarmado o tradicional modo antissocial que o maestro exibia em novas relações, assim como o espontâneo interesse do afinador por livros, que o maestro tinha em alta conta.

Tímido, Tuvia inicia sua série de testes em notas e apertos com a chave, estalidos do diapasão e pequenas marteladas no instrumento. Inicialmente absorto na leitura, o maestro levanta-se e se dirige a Tuvia com cordial polidez:

"Sr. Frenkel, o senhor ficaria incomodado de voltar para os outros pianos em outro dia?"

"Imagine, maestro, desculpe o incômodo. Se desejar, posso interromper já e retornar outro dia."

"Não, não, fique à vontade para finalizar este. É o seu trabalho."

Antes que pudesse agradecer ou reverenciar o imenso prazer em conhecê-lo, o maestro já havia deixado a sala, rumo a outro cômodo.

Capítulo 5

Foram dois dias de ausência da mãe pela casa. Tuvia perambulou, perdido, inseguro quanto à hora das refeições sem ter a mãe à mesa, ou os horários de seu sono, sem ter de acompanhá-la ao dormitório contíguo. Teresa, sempre discreta e envolvida nos próprios afazeres, pouco anunciava seus movimentos. Zyssale era notado tanto quanto o relógio da sala, uma peça a mais na mobília, ambos com vozes marcadas a cada soluço do tempo. Tuvia havia aguardado que a irmã o chamasse para compartilhar os resultados de exames da mãe no primeiro dia, mas ela não demonstrou interesse em lhe dar boletins de saúde. É bem verdade que telefonou no fim de cada dia para saber do irmão e como estava se ajeitando sozinho. Pouco comentou, a não ser que havia decidido permanecer esses dias em casa e observar de perto a evolução do quadro.

Na quarta-feira, quando Tuvia esperava o retorno da mãe para o fim da tarde, Zsófia é quem aparece na vila sozinha. Como sempre, toca a campainha e aguarda o desconfiado irmão, que busca a mãe com o olhar.

"Ela não está, Tuvia. Vim sozinha. Vamos nos sentar um pouco na sala."

"Aconteceu alguma coisa?", reage, alarmado.

Uma paciente Zsófia explica ao irmão que o quadro havia evoluído e acelerado mais do que o esperado. Vinha buscar mais roupa porque a estadia poderia se prolongar por alguns dias mais, enquanto outros exames eram necessários. Exceto um quadro de leve anemia e baixa hidratação, os resultados não haviam detectado nada de emergencial ou nenhuma indicação de outras comorbidades. Entretanto, as observações no cotidiano mostraram uma Eszter muito diferente de algumas semanas atrás. Mergulhava em quadro letárgico com facilidade, assim como alternava o humor com rapidez. Dizia frases de desinibição inesperada, pouco habituais em seu recatado comportamento. Mostrava-se desorientada no apartamento de Santa Cecília, embora o conhecesse bem, sem nunca ter tido dificuldade antes.

"Você acredita que a peguei, às três da madrugada, na cozinha, em frente ao fogão, com uma chama acesa e sem nada cozinhando? Acordei assustada, e quando perguntei o que ela fazia ali àquela hora, mamãe me disse que estava com fome e já era hora do almoço."

Tuvia ouve assustado a narrativa acerca de uma pessoa que não reconhece como a própria mãe. Reluta em associar essas imagens à Eszter de poucos dias atrás e de toda uma vida. É informado de que na manhã seguinte Zsófia a levará para um exame de diagnóstico por imagem, seguido de uma consulta ao médico.

"Posso ir com vocês?", pergunta Tuvia, como quem pede permissão a alguém que detém o poder de proibir ou consentir.

"Claro. Você tem como vir para o meu lado? A consulta é cedo e bem pertinho de casa, assim evitamos deslocar a mamãe pela cidade."

O irmão assente e combinam o horário de encontro com folga para evitar atrasos.

No caminho da casa rumo ao carro, Zsófia conforta e previne o irmão:

"Tuvia, tempos difíceis vêm por aí. Mas vamos enfrentar juntos." Um beijo no rosto e um leve abraço, como se esfregasse as costas do irmão com a palma da mão aberta, e despedem-se até o dia seguinte.

Com medo de perder a hora e abalado pelo desenrolar dos acontecimentos, Tuvia não prega o olho. Noite adentro, alterna idas e vindas à cozinha, com tentativas de distrair-se lendo o livro que Bia o presenteara. Mas distraído já estava, sem que nenhum foco prendesse a atenção. Olha a foto da família desintegrando-se. Acende a luz do quarto da mãe e procura, para além do seu cheiro, algum sinal de sua companhia que não vem. A madrugada da vila é silenciosa. Só com muita atenção alguém ouviria, ao pé de sua janela, o som baixo das *Rapsódias Húngaras*, de Liszt.

Tuvia toma, nas primeiras horas da manhã, um táxi em direção à casa da irmã, para onde leva, junto de si, a antecipação costumeira de quem aguarda com paciência, mas não tolera fazer outros esperarem. Após alguns minutos na calçada, faz-se anunciar na portaria e, satisfeito por não ter de subir, é informado de que a irmã o encontrará na garagem. Eszter caminha como se carregasse o mundo nas costas e as pernas lhe pesassem toneladas. Pouco levanta a cabeça, com receio de não ver os passos que a separam entre o elevador e o veículo. A presença do filho, se percebida, não é anunciada. Entram no carro sem que muitas palavras sejam trocadas. O caminho é curto e, breve, já estão a sair do veículo, com a lentidão agora instalada. Se em situação comum, roteiros como este já causariam perturbação, no caso de Eszter, provam--se extenuantes. Entre o primeiro compromisso para as imagens e o segundo no consultório, em Higienópolis, fazem uma parada para que se recupere e o laudo os alcance em tempo antes da visita ao médico. Zsófia desce por uns minutos na Casa Zilanna, no alto da rua Itambé, com a Sergipe, enquanto Tuvia permanece com a mãe no carro. Compra *beigales* que distribui ao retornar. Eszter olha surpresa o objeto à sua mão, mas o cheiro de recém-assado e o sal grosso que encobre a delícia ao primeiro toque na boca despertam o apetite. Come devagar, mas com satisfação. Por um instante, Tuvia se alegra em ver a mãe, que se limita a fechar os olhos e aprovar com um suave "hummmm" o prazer de comer, que ainda não lhe roubaram.

A consulta é longa e explicativa, pelo menos aos filhos. Escutam perplexos o que os aguarda. Alguns exames de memória são feitos ali mesmo, à sua frente. Testes mentais simples, como dizer o dia de hoje, soletrar palavras em ordem inversa ou operações matemáticas rudimentares, além de copiar figuras, são aplicados em Eszter. Visivelmente cansada e impaciente, não vê a hora de ir embora. Há uma frustração em seu olhar. Denota a vergonha de ter perdido faculdades que uma criança seria capaz de demonstrar. Na saída, Tuvia pega em seu braço para auxiliar os movimentos, e, pela primeira vez, ela pergunta:

"Quem é você? Por que está me segurando?", diz enquanto afasta sua mão.

Embora Tuvia houvesse compreendido com a razão a extensão do dano, nada o havia preparado para sentimento tão dilacerante. Olhar para Eszter e perceber que não mais o reconhecia era um choque para o qual nenhuma preparação teria sido suficiente. Os cinquenta e quatro anos de sua vida haviam sido compartilhados ao lado daquela mulher, para quem ele agora era um estranho. Teve vontade de abraçá-la, de segurar a mão trêmula, acariciar o rosto de olhar distante, mas tudo o que faz é recolher a própria mão e os desejos de proximidade. Zsófia nota o impacto no irmão e procura distrair ambos do ocorrido.

"Mãe, Tuvia só quer ajudar você a se levantar." A irmã busca auxiliar a memória ao pronunciar o nome e amenizar o clima, mas o sulco criado já não é capaz de ser preenchido, nem com a melhor das intenções.

"Ah... desculpe." É o máximo que Eszter consegue retrucar na direção dele.

Abismado, Tuvia limita-se a seguir um passo atrás, mergulhado em seu próprio infortúnio. Além do espanto inicial, começa agora uma ruminação em torno da dúvida se a mãe reconhece Zsófia ou se é só ele que ela perdeu no meio do caminho. No trajeto até o carro, tenta convencer-se de que teria sido somente um lapso, com certeza voltaria a reconhecê-lo em seguida. Entretanto, o receio de colocar-se diante da mãe e enfrentar novamente aquele olhar de repulsa era sensação que não queria revisitar. O paradoxo cruel estava instalado. Para que ajudasse a memória da mãe, o melhor seria expor-se o mais breve possível, a fim de que o problema fosse sanado e a relação voltasse ao normal. Mas evitar o contato protegia-o de um novo golpe do não reconhecimento, que por sua vez alargava o hiato entre ambos. Tuvia só queria voltar alguns minutos e fingir que nada ocorrera. Na verdade, pensa que o melhor seria retornar alguns meses, antes que a traça começasse a corroer lentamente a trama das recordações da mãe. Por que não vários anos, assim teria o pai de volta em suas vidas? Como autômato, segue a irmã enquanto procura colocar os pensamentos em ordem, mas eles parecem erráticos e descontrolados. Tuvia não tem tempo de perceber que o carro retorna à garagem de Zsófia e é ela quem salta do carro, antes que ele abra a porta para a mãe, sentada no banco da frente. Põe-se para fora e, atento, vigia a reação de Eszter ao braço estendido de Zsófia para ajudá-la. Ela nada responde, a não ser obedecer, fechando as mãos nas da filha para sair do veículo.

"Tuvia, onde você estava?", reage Eszter ao ver o filho postado à sua frente, tão logo se coloca em pé novamente.

O alívio no rosto de Tuvia é mais lento do que as lágrimas que lhe escorrem soltas nas faces. Pensa: *Onde **você** estava, mãe?*

Rápida, Zsófia passa uma mão e enxuga o rosto do irmão, enquanto com a outra escora a frágil senhora, que volta a ser quem era, pelo menos por ora.

"Vamos todos subir, depois eu levo você pra casa", diz Zsófia, dirigindo-se ao irmão e deixando claro que Eszter não retornaria hoje para a vila.

Em menos de meia hora, Eszter repousava no quarto que um dia guardou os sonos e sonhos de Bia. O dia havia chegado a pouco mais da metade, mas havia consumido todas as reservas de alguém que precisava de descansos intercalados, mais do que noites prolongadas. A mãe tomara um chá acompanhado de sanduíche de atum, que nem sequer terminara, e pediu para deitar-se.

Os irmãos ficam a sós na sala, e a conversa era inevitável.

"Tuvia, as coisas não estão indo conforme o planejado." A irmã aguardou por reação que dele não veio, senão um baixar de cabeça que lhe partia o coração.

"Não leve o que aconteceu como algo pessoal a você. Ela esqueceu várias vezes meu nome e tenho dúvida de que sabia quem eu era nesses dias", mente para ver se o irmão compra o quase nada que tem para oferecer. "Ela não tem mais condições de ficar em casa sozinha", Zsófia alarga o discurso para onde deseja levá-lo.

"Como assim, sozinha? Ela fica comigo", Tuvia retruca em tom fragilizado, quase infantil.

"Você trabalha o dia todo e Teresa não é uma enfermeira. Como imagina que ela possa ficar sozinha até você chegar?"

"O que... o que você... quer dizer com isso?", indaga, levantando a cabeça e mirando-a bem nos olhos.

"Você sabe o que isso significa. Mamãe tem de receber cuidados vinte e quatro horas por dia, e a casa da vila não é o lugar mais adequado para isso."

"E você pensa em... trazê-la para a sua casa?", arrisca Tuvia, embora convencido de que essa não era a solução proposta.

"Tuvia, me deixe ser mais clara. Não sei se você reparou, mas ela está usando fraldas geriátricas. Nesses poucos dias, tornou-se incontinente. Não controla mais seu próprio corpo ou não se lembra de avisar que precisa ir ao banheiro. Você imagina passar seus próximos tempos trocando as fraldas dela?"

Estar ciente de que a irmã tem razão não torna as coisas mais fáceis de deglutir. Não somente a situação é devastadora em si, mas a rapidez com que decisões têm de ser tomadas oprimem alguém acostumado a procrastinar ao máximo o que pode ser adiado. Mas não há como postergar.

"Já acertei com o lar por alguns dias para ver como ela se adapta", diz a irmã, avançando as peças para maior conquista de terreno.

"Como assim? Quando você foi até lá?", reage, entre irritado e traído.

"Não cheguei a ir. Tratei pelo telefone com uma pessoa conhecida e expliquei a situação. Vamos fazer disso uma transição lenta. Se ela se recuperar o suficiente para voltar para casa, ótimo."

O diálogo interno bufava com questões que ele não colocou para fora: *E quando você pensava em me consultar? Tenho parte nessa decisão, ou é você quem ordena os destinos de toda a família? Pensou em perguntar para ela o que deseja? Vai me colocar para fora da casa também, para pagar a conta do lar?* Mas as reflexões ficaram só no íntimo.

"Não temos por que nos precipitar. Vamos sentir como ela reage e depois vemos", segue Zsófia com o boletim informativo, que de inclusão só tem a primeira pessoa do plural.

Mesmo na fervura de pensamentos conflitivos, Tuvia reconhece a visão prática e organizadora da irmã. Sabe que, se não fosse por ela, nenhum dos possíveis cuidados necessários seria colocado no lugar. No fundo, reclama mais da forma que do conteúdo. Sente por não ocupar o papel do filho mais velho, que desempenhou em poucos anos da infância, mas foi engolido por suas próprias perturbações psicológicas aliadas à personalidade dominadora da caçula.

"E como... como é que... vamos pagar a estadia no lar?", inquiriu Tuvia, em tom investigador.

"Não é hora de discutirmos isso. Acertei quatro semanas e depois vemos."

Recusa a oferta da irmã em levá-lo de volta com a justificativa de que a mãe precisa de companhia e descanso. Não pode ficar só no apartamento e não quer fazê-la entrar no carro para mais um trajeto no dia. Resolve voltar caminhando, para colocar as ideias no lugar, o que era difícil de crer, nem que ele fosse a pé até os confins do mundo. O dia de trabalho já estava perdido. Não quer subir em um ônibus, muito menos apanhar um táxi e ter de enfrentar uma conversa fiada sobre o clima, futebol ou eleição. Melhor caminhar e dialogar com a consciência. Se perguntado, não teria como descrever o trajeto ou sequer o que ocorrera após chegar em casa. A extenuante jornada física e emocional desafoga-se em uma noite de sono, na qual sonhos ou pesadelos dão uma folga ao afinador.

No dia seguinte, uma conversa entre Zsófia e Teresa poupara Tuvia de ajeitar em uma mala e duas outras bolsas as roupas e os pertences necessários para a estadia no lar. A breve passada pela casa da vila ocorre enquanto Tuvia está fora, em trabalho na rua. Por questões pragmáticas, mas também por compaixão, Zsófia reduz o sofrimento que a retirada de objetos dos armários produziria no irmão. Quando retorna, no fim do dia, Tuvia não seria capaz de dizer que algo fora do comum ocorrera se não fosse a presteza e lealdade de Teresa, que lhe confidencia a dor de tocar naquelas peças sem que a patroa ali estivesse e talvez não mais retornasse.

"Enquanto arrumava a mala, fiquei dizendo pra mim mesma... é só uma viagem, já, já Dona Eszter está de volta", é o máximo que compartilha Teresa, antes de cair em um choro contido.

Agora é Tuvia quem consola a empregada, a quem considera família. Profere poucas palavras de esperança, nas quais nem ele mesmo acredita. Sabe que o provisório está com toda a cara de definitivo. Observa o quarto da mãe com novo olhar. Não porque repare nos objetos que se foram, mas na ausência de sujeito. Pensa: É o começo do fim. Do desmonte. Das despedidas, enquanto se pega dizendo para Teresa:

"Não chore... Daqui a pouco... daqui a pouco, a minha mãe já estará de volta. Você... você vai ver." Tem vontade de abraçá-la, mas a tanto não chega; a timidez ainda é maior que o afeto.

Embora não saibam, ambos pensam em si mesmos para além de Eszter. Teresa, com medo de perder o emprego. Tuvia, com pavor de ficar só e de perder a casa. Mas esses são sentimentos que não se discutem, por vezes nem entre amigos. A vergonha de admitir o próprio sofrimento, quando o do outro é a prioridade, é um tabu que não ultrapassa a boca. Está preso nos limites do constrangimento que é admitir para a própria consciência a mesquinhez ou o egoísmo de pensar em si antes de ou sobre quem sofre. Isso não quer dizer que Teresa ou Tuvia não estejam se desmanchando em dor de forma genuína por Eszter. Mas a autopreservação, o instinto do que o impacto da ausência dela tem sobre eles, prevalece sobre a falta dela em si. É vexatório admitir. Soa como um pecado, daqueles que nem o travesseiro pode saber, daqueles que se esconde de si mesmo. Mas a honesta confissão, a consciência livre de julgamento alheio, clama por "o que será de mim sem ela?", mais do que "o que será dela?". A dor da ausência é para quem fica. O desejo de mais presença é, muitas vezes, egoísmo embalado de altruísmo, com laço e fita coloridos.

Sob a justificativa de que os irmãos teriam de se dividir nas tarefas e companhia que a nova realidade exige, Zsófia faz a mudança de Eszter sem a presença de Tuvia. Leva a mãe ao lar na quinta-feira pela manhã e pede que ele a visite pela tarde, assim a sensação de gente conhecida por perto se espalha ao longo do dia, em lugar de ambos estarem lá ao mesmo tempo e faltarem no período seguinte. Tuvia tampouco quer argumentar com a irmã que desejaria estar próximo quando a deixassem só pela primeira vez. A relação entre ambos pode ser classificada como uma sucessão de gratidões e ressentimentos não ditos. Se os diálogos implícitos se falassem, uma relação muito distinta das conversas de fato proferidas seria revelada. Mas a convivência é uma negociação constante entre quando e o quanto calar.

O lar dos velhos, como muitos na comunidade judaica se referem ao residencial para idosos na Vila Mariana, é o destino de alguns por opção e de muitos pela falta dela. Seja pela falta de recursos, saúde ou família, inúmeras vezes pela combinação de tudo isso e mais um pouco, constitui-se o abrigo seguro de quem precisa de proteção no trecho final de suas vidas. Alguns lá permanecem anos adentro, outros duram pouco. Há quem redescubra a felicidade na companhia dos demais e quem se perca na solidão cercada de gente. Muitos há que se engajam na profusão de atividades com alegria contagiante, enquanto outros se encastelam nos seus dormitórios, onde comem, dormem, existem. Nada diferente do que ocorre para além dos muros daquela instituição, na vida, como cada um decide ou pode fazer dela.

Após identificar-se na recepção, Tuvia é conduzido a um jardim interno onde água escorre de um chafariz cercado de flores e plantas. Alguns residentes espalham-se, sentados em bancos, que mais se assemelham aos de praças quaisquer na cidade, enquanto há os que se deixam cochilar em cadeiras de rodas, na companhia de familiares ou profissionais de saúde. A combinação do canto de pássaros e um barulhinho de água corrente fornece uma sonoplastia diferente, que interrompe a correria da cidade. Funciona como um preâmbulo, uma espécie de antessala, na qual as dores do mundo ficam do lado de fora, para então abraçar outras, cujos muros preservam no pátio interno da espera ou do esquecimento. Tuvia perscruta ao redor, mas não vê Eszter. Ao caminhar em torno do circuito delineado por corrimões de segurança, recebe o cumprimento de simpáticos residentes, que, pelas dúvidas de memória ou pela carência de convívio, entregam um "boa-tarde", que, afinal, não mata ninguém. Não é a primeira vez que visita o lar. Já esteve em poucas outras ocasiões, sobretudo depois que a mãe de Arnaldo foi para lá, transferida. Completa a volta e adentra o pavilhão dos dormitórios, salas de convivência, refeitório, entre outras salas de atividades. Fora informado do número e do andar. Era só uma questão de caminhar mais alguns passos, mas a apreensão do encontro torna o pequeno trajeto um Himalaia a ser vencido.

O temor de um novo episódio de não reconhecimento faz Tuvia diminuir o ritmo e se distrair com os quadros nos corredores. Há pinturas feitas pelos residentes, placas com nomes de doadores, indicadores de segurança para a saída, tudo é motivo de sua atenção. Até a junção arredondada entre parede e chão se torna um foco, para o qual atribui a função de higiene, como nos hospitais.

O cheiro também é de um ambiente de saúde, não de um condomínio residencial. Não há como evitar, uma hora a porta que divide o corredor do dormitório tem de ser aberta, e a realidade que o aguarda tem de ser enfrentada. Uma pequena placa com o nome dos residentes os identifica à entrada de cada cômodo. Por vezes, há mais de um nome, dependendo da quantidade de moradores. No caso de Eszter, ele aparece de forma singular. Tuvia suspira e imagina como tudo é relativo. Detesta a ideia de ver o nome de sua mãe naquela pequena chapa de metal, mas sabe que noutro momento, não muito distante, estará ao lado do pai, gravado em pedra fria.

Bate à porta e, sem ouvir protestos ou boas-vindas, desbrava o desconhecido. Uma enfermeira acompanha Eszter saindo do banheiro e regressando ao dormitório. Sem que tivesse tempo, aponta para ele e dispara:

"Tem visita para a senhora, Dona Eszter."

Embora a enfermeira não tenha dito o nome de Tuvia, Eszter sorri com toda a face e diz orgulhosa:

"É meu filho." Como se a seus olhos Tuvia ainda fosse uma criança de não mais de dez anos.

"Que tal sentar um pouco na cadeira?", sugere a prestativa enfermeira, cujo crachá a identifica como Ângela.

O dormitório é duplo, apesar de por ora ter somente uma ocupante. O recinto consiste em duas camas de solteiro, uma apoiada em cada parede paralela, duas mesas de cabeceira, separadas por uma janela e uma pequena mesa redonda com duas cadeiras ao redor. Um armário para cada residente é o suficiente para fazer caber uma vida. Ângela os deixa a sós e desaparece com a discrição de mordomo britânico.

Sem saber ao certo o quanto a mãe compreende onde está, Tuvia havia preparado todo tipo de conversa para quebrar o gelo.

Algumas para desviar do assunto, falando sobre o dia ensolarado, outras sobre o quão simpáticas eram as pessoas por ali, e até se queria uma xícara de chá, mesmo sem saber onde conseguir uma. Na sua hesitação, Eszter se adianta:

"Nós temos de esperar aqui?"

A pergunta era difícil de responder. Tudo depende a que exatamente ela se referia nessa simples e ao mesmo tempo complexa sentença. Os pensamentos viajam velozes na cabeça de Tuvia, e as palavras esparramam-se como se houvessem arrebentado uma pinhata e dela tivessem feito vazar doces vocábulos pelo chão. Não há crianças para apanhá-los, entretanto, é ele mesmo quem tem de buscar sentido. A frase estava desfeita, e Tuvia analisa agora cada termo separadamente. O que entende a mãe por "nós", "esperar" e "aqui"? O senso de que veio para ficar sozinha não foi assimilado. A ideia de que algo está por acontecer e para o qual deve esperar é um enigma. Aqui, para ela, significa a cadeira, o quarto, o lar, seu próprio corpo?

"Vamos ver o jardim?" É o que ocorre a Tuvia para fugir da claustrofobia da conversa, mais do que do quarto sem personalidade, porque a ninguém pertencia, ainda que o nome na porta provasse o contrário.

Lenta, mas cooperativa, Eszter segura o braço do filho, e ambos caminham pelo corredor em busca de uma saída. A luz e o calor da tarde paulistana os envolvem e convidam a sentar-se no banco mais próximo, na área externa. Há uma sombra fresca, e a visão de flores a acalma, faz com que recupere o fôlego, mas não o senso de localização.

"Já fazia tempo que não vínhamos no Jardim da Luz. Eu gosto daqui", declara sem olhar para o filho, com os olhos fixos adiante. Tuvia gostaria de ter ouvido só a segunda frase e partir com a certeza de que a mãe estava conforme com a mudança. Mas surdo não era e tampouco estava habituado a tratá-la como criança, a quem se costuma embarcar na conversa do faz de conta, ainda que não faça sentido.

Reflete, com dor: *Será essa nossa relação a partir de agora? Tenho de fingir que estamos onde não estamos? Concordar com o absurdo, para que recuperemos um pouco do normal?*

O jantar é servido mais cedo do que o habitual para a maioria das casas no país. Por isso, enfermeiros e acompanhantes começam a fazer o caminho de volta com os residentes. Ângela, que havia sido avisada por Tuvia do passeio pela praça interna, surge para conduzir Eszter junto aos demais.

"Quer dar uma passada pela sua casa antes de irmos jantar?", pergunta, com o emprego de linguagem escolhida e bem treinada. Em lugar de chamar de quartos ou dormitórios, acostumavam desde cedo a que os residentes se apropriassem de seu novo espaço como se fosse sua casa. Soa estranho aos ouvidos de Tuvia e um pouco duvidoso às expectativas de Eszter, afinal, quando chegassem ao seu novo habitat, pouco teria em comum com a casa da vila, que de fato chamava de casa. Se processou a palavra e a entendeu ou ignorou, não é possível ter certeza. Simplesmente se levantou e seguiu conforme lhe fora instruído. Os residentes que tinham condições eram estimulados a comer em companhia dos demais no refeitório. Os que não podiam se locomover com facilidade eram servidos em seus próprios dormitórios. Ângela aponta para Tuvia a entrada do refeitório e o convida a jantar com Eszter, se assim desejasse. Pede que aguarde no salão, enquanto leva sua mãe para uma rápida passada para asseio, em seu ambiente privado.

Tuvia assente e coloca a cabeça para dentro de um salão muito aconchegante. Várias mesas redondas espalham-se por uma sala ampla e bem iluminada. A luz artificial é amenizada pela natural, que entra por enormes janelas laterais, enquanto ainda é dia.

Já há alguns senhores e senhoras sentados, saboreando o que parece ser uma sopa. Pães e jarras de água estão sobre as mesas, junto a guardanapos de tecido e alguns canudos para facilitar a absorção do líquido. Tuvia nota, à medida que mais pessoas chegam, a quantidade desproporcional de mulheres, sobejamente em maior número do que os senhores residentes. A vida parece tratá-los com uma intensidade maior, o que termina por lhes furtar anos preciosos na segunda metade do percurso. Inúmeros foram imigrantes. Sofreram as atrocidades de uma Europa hostil às suas origens. Sobreviventes de todo tipo de adversidades, refizeram a vida em país que os recebeu com mão acolhedora. Uns conservam marcas no braço, muitos na alma. Um grupo de profissionais permanece em pé, mais afastado das mesas, de forma respeitosa, dando espaço para que o momento da refeição seja autônomo aos que conseguem, mas também que a socialização ocorra de forma independente e fluida. Há, entretanto, os que necessitam de auxílio para se alimentar, para os quais a companhia à mesa é motivo de outra forma de conexão, igualmente importante.

Tuvia caminha por entre as mesas, sem saber se busca uma cadeira vazia ou aguarda a chegada da mãe e Ângela. Percebe no fundo do salão um piano vertical, para o qual se dirige. Sem que ninguém o impeça, abre a tampa e enxerga um instrumento antigo, mas em plenas condições de uso. Ninguém parece se dar conta, então resolve se sentar. Dedilha uma nota aqui, outra ali; puro hábito de afinador. Uma senhora levanta a cabeça antes concentrada no prato à sua frente e, com os olhos por cima dos óculos, busca, curiosa, de onde vem o som. Comenta brevemente com sua companheira de mesa algo que Tuvia não consegue ouvir, e ambas então lhe dirigem o olhar em expectativa. Para além de seu porão-oficina ou ambientes solitários nos quais afina pianos, ele não arrisca tocar. Mas há algo no olhar das senhoras, no ambiente, ou no próprio afinador, que o faz relaxar e iniciar uma melodia conhecida. Logo, outras cabeças e miradas o acompanham, seja das mesas, seja de quem está em pé. As doces notas iniciais são absorvidas como quem serve a sobremesa antes do prato principal. *Oif'n Pripetchik brennt a feier'l* é tocada com sentimento e gentileza.

O ruído antes preenchido por talheres e cochichos é substituído por música e nada mais. Um sorriso saudoso se instala no ar, enquanto uma ou outra lágrima se segura, querendo vazar. Ao fim da execução lenta, Tuvia levanta os olhos e enxerga um salão inteiro que o abraça, sedento por mais. Desconhecido como era, é confundido por um músico que vem alegrar o jantar e não um familiar de residente. Daí a expectativa de que não seja uma só música e boa noite. Sem que houvesse notado sua chegada, Estzer está sentada junto a um pequeno grupo próximo da porta, distante do piano. Absorvida pela melodia chorosa, também espera que o recital siga. Ângela está próxima, surpresa por ver o moço de poucas palavras, que recém conheceu, soltar-se em outra função. Sentado a uma mesa próxima de Tuvia, um senhor mais atirado arrisca palmas e é seguido pelos demais, assim como pelos profissionais no ambiente. Segue-se um pequeno pot-pourri de músicas do cancioneiro *Yiddish* apreciado até o ponto de atrapalhar o andamento do jantar. Ninguém se importa, afinal, nem só de *kneidales* se vive.

O semblante tranquilo de Eszter pode ser devido à comida que a ocupa nesse momento ou à total falta de noção do que a cerca. Fato é que Tuvia não está mais em seu radar. Deixa o piano, uma vez satisfeita a audiência, e caminha em direção à porta do salão sem que a mãe repare. Pensa: *Saberá ela que era eu quem tocava? Saberá que era para ela se sentir em casa, longe da vila?* Cruza um olhar de cumplicidade com Ângela, que não o reprova ao ver partir sem se despedir. Se havia algo para o qual não havia ensaiado era a hora da despedida. O que dizer caso ela quisesse acompanhá-lo?

Como explicar que ela fica e ele a deixa em lugar estranho, com gente desconhecida? É na saída também que vê a mãe de Arnaldo. Se o reconheceu, não demonstrou, o que para Tuvia era uma bem-vinda oportunidade para deixar o salão e ganhar a rua em mais alguns passos. Antes, porém, Ângela o alcança e agradece o sarau improvisado. Ao lado do elogio e da surpresa, emenda:

"A música acalma, tem um grande efeito nos residentes. Muito obrigada…" Ainda sem jeito, ele não sabe como reagir, enquanto Ângela espera por seu nome. "Espero que possa tocar outras vezes, agora que Dona Eszter está aqui."

"Vamos ver… pode ser por pouco tempo." Ele tenta livrar-se, quando na verdade esse nem era o maior dos problemas. Não se vê músico, não suporta a pressão de audiência, embora tenha passado por essa com menor sofrimento do que imaginaria.

"Como assim, ela vai nos deixar?", indaga Ângela, com surpresa.

Tuvia então compreende que a conversa da irmã não fora totalmente sincera. Deixa Ângela sem dizer seu nome ou qualquer outra resposta, em busca da saída.

O trajeto de volta para casa é cumprido primeiro com uma caminhada do lar até a estação do metrô Vila Mariana. Uma subida que lhe rouba energia e instala uma respiração ofegante, cada vez mais presente em seu cotidiano. O horário de pico ainda movimentado com a saída do trabalho não oferece muitas opções para se sentar quando adentra o vagão. São nove estações, conforme enxerga no letreiro acima da porta automática. Vai sacolejando até a estação Sé, onde um considerável contingente deixa o vagão para tomar outras linhas até seus destinos. Aproveita a oportunidade para sentar-se, mas o cochilo, que gostaria que fosse prolongado, é interrompido pelo anúncio de chegada à estação Tiradentes. Toma a saída em frente ao quartel da Polícia Militar e, sob as copas de árvores, caminha em direção à rua Três Rios. Tuvia desfruta dessa área do bairro. É arborizada, com prédios históricos próximos uns aos outros. Mistura diversas estruturas da sociedade em um quadrilátero curiosamente eclético. Além do quartel, o Teatro Franco Zampari, ambientes educacionais, como a Fatec, a Escola Prudente de Moraes e o Instituto Dom Bosco com a paróquia adjacente, até as antigas instalações da Escola Politécnica, combinam segurança pública com educação e religião, interligados por uma praça onde majoritariamente circulam pedestres. Não mais que três quarteirões e está de volta à vila.

Na ausência de uma caixa de correio, as correspondências são deixadas sempre próximas à porta de entrada. O carteiro, cuidadoso como de costume, procura arremessar os envelopes em piso coberto, para que a chuva não os apanhe. O inconveniente, sobretudo nos últimos tempos, é abaixar para pegá-los. Nada de muito importante, a não ser mais uma missiva manuscrita que carrega consigo para dentro. Teresa já não se encontra. Voltar para a casa vazia lhe dá a sensação de um luto em vida. Eszter não se foi, mas tampouco está. O melhor a fazer para aplacar o amargor que o vazio provoca é descer ao porão e alimentar a ilusão de que no andar de cima tudo segue como antes. A *Hora do Brasil* no rádio é rapidamente substituída pelas *Variações Goldberg*. Mais seguro ouvir a execução de Bach por Glenn Gould do que a da nação por mãos duvidosas. Tuvia tem fome, mas a preguiça de buscar o que Teresa possa haver deixado é maior, então se deixa refletir, sentado próximo à bancada de trabalho. Brinca com a correspondência entre os dedos, quando resolve romper os lacres e investigar o conteúdo.

"*Se você ainda não confirmou presença, ainda é tempo. Faltam duas semanas para nosso encontro na Cantina Ouro Branco.*"

Seguia com os já informados detalhes de horário e número de telefone para confirmação. Similar à precisão matemática da peça musical que invade o recinto, Tuvia reconhece a qualidade da organização do evento, para o qual ainda não decidira aderir. É obrigado a admitir que desfruta de planejamento e execução bem conduzidos, ainda que o pressionem por uma resposta. Nem que fosse em respeito ao esforço e à dedicação, a indiferença não era mais uma alternativa. Não conseguiria ignorar quem insistia em tê-lo no encontro, nem que fosse para declinar do convite. Dizer não era mais respeitoso do que nada declarar, como faz há anos, nas diversas oportunidades que cartas semelhantes foram deixadas à soleira e hoje ocupam a caixa classificada de seu quarto. Por que as guarda não tem claro. Talvez para lembrar que dele não desistiram. Quiçá para recordar a ele mesmo que não desista de si. Sobe ao quarto e retorna carregando a caixa, na qual havia guardado o convite original, junto aos itens escolares. Com ela, outra, com a etiqueta identificadora, na qual se lê "IP". Fotografias, recortes de jornais comunitários, entre outras recordações de tempos antigos ou mais recentes são agora alvo de atenção do afinador e o fazem divagar.

A notícia de que Irene enviuvara mudara sua percepção da comemoração escolar. Embora não houvesse a certeza de que ela tivesse ido aos encontros anteriores de turma, uma esperança infantil de reencontro desimpedido por parte dela acendeu a expectativa de quem sempre estivera disponível. Após o colégio, Irene completara o Curso Normal e formara-se professora. Entretanto, o casamento com Pedro, herdeiro de uma imobiliária e corretora de imóveis, acrescentara não somente o sobrenome Kramer, antes Pinsker, mas três filhos e o abandono da ansiada profissão pela ocupação de mãe e esposa em tempo integral. Um acidente de motocicleta, cerca de quatro anos atrás, deixara Irene só, aos cinquenta anos, com os filhos para criar. Essas e outras tantas informações podem ser vistas no inventário criado por Tuvia para acompanhar os passos da paixão juvenil durante anos a fio, mergulhados em silêncio e distância. O que era público não lhe escapava, embora o interior de Irene seguisse um mistério inacessível, que nem o mais apurado instrumento podia verificar. Apesar de saber da perda do marido, Tuvia jamais arriscou se aproximar de Irene. Não buscou consolar a viúva no funeral, não atendeu a qualquer cerimônia posterior e, calado, seguiu acompanhando os passos da família órfã, como fazia há anos, desde seu quartel-general de investigação. Tomar iniciativas nunca fora seu forte. Se décadas não o encorajaram, não teria sido o evento em si suficiente para procurá-la. Sentia-se ridículo o bastante por imaginar a possibilidade de reviver uma só tarde há tanto ocorrida. Mas era inegável que o reencontro da escola proporcionasse o momento ideal, sem que ele tivesse feito qualquer movimento premeditado. Durante todo esse tempo, Tuvia alternou sentimentos conflitantes. Ora sonhos de um reencontro tanto apaixonado quanto utópico, ora o pesadelo de que Irene nem sequer o reconheceria, ou pior, que soubesse muito bem quem ele era e isso nada representasse.

 O estômago o faz recordar que trocara o jantar com a mãe pelo sarau e saída discreta. Sobe para a cozinha e é interrompido a meio caminho com o telefone que ecoa pelas paredes da casa. Na convivência com Eszter, o aparelho pouco se fazia notar. Entretanto, o mesmo som que antes era um inocente chamado, agora é motivo de preocupação, um gatilho que dispara em Tuvia os pensamentos negativos de que algo de ruim possa ter ocorrido com a mãe. O coração se descontrola, e ele tanto quer atender quanto deseja evitar, feito família que manda soldado para a guerra e não quer receber qualquer comunicação de intermediário que não seja a própria prole.

"Tudo bem? Sou eu!", identifica-se Zsófia, querendo saber como fora o encontro com a mãe pela tarde. Ao sentir que nada de alarmante é anunciado na voz da irmã, deixa-se cair na cadeira ao lado do telefone e respira com mais calma. Além das novidades da visita, Zsófia quer combinar o dia seguinte. Será a primeira sexta-feira desde que Eszter fora admitida no lar. Tuvia é informado de que o consultório estará cheio, para compensar os dias perdidos, e ela não tem condições de passar pelo asilo. Pede se ele pode dar um pulo pela tarde e emendar a visita com o jantar em sua casa. Não chega a se surpreender pela indisponibilidade da irmã, afinal, ela precisa trabalhar, mas o convite de que vá ao jantar de *shabbat* em sua casa, como se nada houvesse mudado em suas rotinas, lhe cai sem aviso. Claramente significa que Eszter não está incluída, pois não se imagina colocá-la em transporte coletivo ou mesmo um táxi no fim de tarde de sexta-feira, para cruzar a avenida Paulista. Tampouco dava sinais de que Arnaldo fosse buscá-los no lar, portanto, estava implícito que o jantar seria só para os três. Se a mente turbulenta de Tuvia não precisava de muito estímulo para provocar ondas de pensamento conspiratório, o telefonema era vendaval induzindo um mar revolto. As confabulações internas lhe diziam que a irmã já havia decidido tudo com o cunhado. Internaram Eszter, venderiam a casa da vila e comunicariam seu despejo em jantar abençoado por pão e vinho, que desta vez ela não lhe encomendou.

A salada de alface, tomate e cebola fatiada é comida junto da torta de palmito, igualmente fria, que Teresa deixara na geladeira. Tuvia não tem forças ou estímulo para esquentar o prato e, com o som vindo da oficina, come a garfadas desinteressadas na mesa da sala. Zyssale respeita o espaço e o máximo que produz são pequenos ruídos de suas patas sobre o jornal no chão de sua moradia. De olho no falso Mondrian pregado à parede, Tuvia resolve confirmar presença no encontro com os colegas de escola. Vê-se discando o número que consta na carta e pretende, com uma mensagem curta, não dar espaço para outras perguntas. A ligação é atendida por uma voz desconhecida que lhe informa a ausência da colega de turma no momento, mas a disposição por anotar recado. Após algum esforço do outro lado da chamada por tomar seu nome e sobrenome, que afinal não era propriamente José da Silva, desliga o telefone, extenuado e satisfeito. Se decidisse não comparecer, uma justificativa poderia ser pensada mais adiante, ou pelo menos assim procura se convencer. O que não queria era deixar de dar uma resposta, ainda que não fosse definitiva. Era a primeira vez que reagia ao convite. Já era uma vitória.

Noites maldormidas são uma constante nos seus últimos tempos. Acabam com o dia seguinte e deixam o corpo já moído em mau estado, mas é a cabeça que mais sofre. O café da manhã é tomado à mesa, com a mesma companhia da noite anterior, música de fundo e um papagaio semimudo ou lorde deveras respeitoso. Até as sementes de girassol, banana e maçã são ingeridas com pouco ruído pela ave. O telefonema da noite anterior abalara seu sistema que por si só já era nervoso. Tem reparos a fazer na oficina, mas é inevitável que a visita ao lar e o jantar na irmã poluam os planos e a atenção que o dia exige.

Capítulo 6

A visita para os reparos e a afinação do segundo piano na casa do maestro inicia com o silêncio habitual do sobrado e a recepção da empregada, que o conduz até o instrumento com ofertas de algo para beber. Expõe todas as ferramentas de trabalho, como cirurgião servido por instrumentadores, sobre uma pequena cama de feltro, para que nada seja arranhado. Prepara o paciente abrindo caminho para os procedimentos que lhe trarão de volta o equilíbrio desejável. Sabe que o chá será servido em alguns minutos, o que lhe dá tempo para organizar a intervenção com segurança, afinal, mesmo os profissionais mais experimentados ficam ansiosos e inseguros diante da responsabilidade de cuidar de joia preciosa, quando lhe depositam em confiança. A fragrância de chá verde, acompanhado de limão e mel, precede o gosto em sua boca. O foco normalmente dirigido aos livros da casa hoje é sequestrado pela janela próxima ao piano, de onde enxerga uma bicicleta encostada à parede externa. O maestro não só é adepto a caminhadas ao ar livre, braçadas e remadas no lago, mas longos passeios de bicicleta, razões pelas quais se mantivera por muito tempo em boa forma física, apesar de constantes problemas de saúde herdados por uma genética pouco generosa. Devolvida a xícara à bandeja, Tuvia mergulha no trabalho, orgulhoso de entregar um serviço perfeito ao admirado mestre compositor.

Próximo de finalizar os serviços de manutenção e afinação, que eram poucos, dado o cuidado com o piano, Tuvia ouve o barulho de passos entrando no ambiente. Mãe e filha adentram a sala e o cumprimentam com polida distância, enquanto o maestro se aproxima por trás delas, retirando um chapéu que pendura próximo à porta, junto de uma bengala, que parece mais estética do que de apoio.

"E então, sr. Frenkel, como vai a saúde desse velho companheiro?", questiona, apontando o olhar para o piano.

"Tudo em ordem, maestro. É fácil de ver o esmero que vocês têm com este belo instrumento."

"Fiquei satisfeito com o primeiro. Vamos ver se o senhor mantém a consistência com o segundo."

"Gostaria que eu seguisse para o próximo? Tenho tempo, se desejar", arrisca Tuvia, prestativo e servil.

"Que tal me acompanhar até o estúdio de composição? Caminhamos juntos?" Com um gesto indicativo, o maestro mostra a porta por onde havia entrado, voltando a pegar o chapéu e a bengala.

Tuvia pede dois minutos para que junte todo o equipamento e está pronto para o aguardado momento de proximidade com o maestro, mas também a chance de conhecer onde as mais belas composições ganham vida e alteram a cena da música sinfônica.

A caminhada até o estúdio externo é tomada por silêncio entre ambos, somente interrompido pela música do mundo. Pássaros, muitos deles, folhas e galhos, água a certa distância, nada parece escapar aos ouvidos atentos dos treinados profissionais do som. O maestro caminha dois passos adiante, como quem aponta o caminho, despreocupado com julgamentos alheios. Não se pode dizer que ele busca ser simpático ou gasta energia para soar agradável. A vaidade passa pela avaliação de sua produção, não de sua pessoa.

"Tudo de que preciso está aqui, sr. Frenkel. A generosa polifonia do universo servida para quem sabe apreciar."

Sem muito saber como responder àquilo que nem era uma pergunta, Tuvia se cala em um suspiro e pensa: *Ouço muitas vozes em minha cabeça, mas não tenho a capacidade de transformar a polifonia em beleza como suas obras.*

"Música não é a imitação ou representação dos fenômenos ou da natureza, mas os próprios fenômenos." Tuvia ainda estava na dúvida se havia dito a frase em voz alta ou estava guardada em seus pensamentos. Contudo, a parada nos passos e a volta para encará-lo deixam claro que o maestro o ouvira.

"Então o senhor também admira Schopenhauer." Fulmina-o com grata surpresa o maestro, enquanto Tuvia estanca o passo e entende ter cruzado mais uma fronteira rumo à intimidade na construção de sua relação. Não foi calculado, saiu sem grandes pretensões, e é isso mesmo o que lhe chama a atenção. No instante de maior tensão e ansiedade, frente a um ídolo, nenhum plano serve. É preciso nada mais que a espontaneidade para buscar os códigos comuns que os unem.

"Estou seguro de que ainda encontraremos seu parentesco com Lipiner", volta à carga o maestro. "Não é só uma questão de semelhança física, que já era espantosa para mim, mas também uma afinidade intelectual." Retoma a direção da cabana de composição, mas agora caminha ao lado de Tuvia e não mais à sua frente. "Kant construiu o império do idealismo e nos deu a modernidade sem sair de Königsberg. Eu lhe asseguro que nada mais do que o senhor vê ao redor é preciso para mudar a música tal qual a conhecemos até o século XX", enquanto fala com convicção, o maestro gira em torno de si, com os braços abertos, apontando a bengala para a natureza que os cerca, finalizando o gesto com o indicador da mão livre apontando para sua própria têmpora. Encara Tuvia com olhos inflamados e convencido de quem é o agente capaz de realizar tal feito.

"Leva tempo e uma considerável porção de saúde tentando convencer os outros da própria genialidade", avança Tuvia, sem saber a reação de um sujeito conhecido por temperamento intempestivo. "Além de muitos opositores no caminho. É como estar constantemente desafinado."

"Lamento discordar, sr. Frenkel. Uma coisa é estar desafinado, algo tanto inútil quanto insuportável. Disso, o senhor entende, não preciso explicar. Outra é ser dissonante, estar fora do tempo. É criar o tom para o qual não estão preparados para ouvir. É na dissonância que mora a criatividade. Permanecer encaixados no conforto da escala da vida pode ser mais seguro, mas o novo vem da rebeldia, do desencaixe."

"Mas destoar tem seu preço", retruca Tuvia.

"Com isso, já estou acostumado. Sou apátrida triplamente, alguém da Boêmia, sem-teto, em meio aos austríacos, austríaco em meio aos alemães e judeu no mundo todo, um intruso que não é bem-vindo em lugar nenhum. Se é para me sentir estrangeiro, prefiro eu mesmo criar as razões necessárias. Sabe o que é a sensação de não ter lar para onde voltar?", finaliza o maestro, com a pergunta retórica.

"O judaísmo algum dia foi esse lar?", curioso e arriscado, Tuvia indaga, entrando em terreno pantanoso.

"Sr. Frenkel, não era judeu antes e não me tornei cristão depois da conversão. Tenho fé na música, na natureza… no amor. Olhe ao redor, quem precisa de templos? Minha transcendência nasce do sagrado que confiro à imanência. Estou com Nietzsche na impossibilidade da metafísica e na afirmação da arte, na estética do belo e do bom como candidata a substituta da religião sem um código moral ou recompensa após a morte."

"Entendo que a conversão talvez tenha sido só uma formalidade protocolar, um assinar de papéis, mas confesso minha dificuldade em compreender o casamento com uma antissemita." Tuvia se vê disparando palavras, às quais o arrependimento chega nem bem o projetil saiu da boca de sua arma julgadora.

"Sr. Frenkel", diz, em tom firme e sarcástico, "em que o senhor se vê diferente de mim? Por acaso, não sabia quem era ela, quando aceitou este serviço? Por que se julga distinto e mais nobre? Somos filhos da mesma hipocrisia e de sonhos semelhantes."

"Desculpe-me, maestro. Quem sou eu para julgá-lo?"

"Por que acha que deixei a sociedade acadêmica wagneriana em Viena e esfriei minha relação com amigos como Wolf? Há coisas, sr. Frenkel, que nunca pude falar em público, porque minariam meus objetivos musicais, como chegar à Ópera de Viena ou ter minhas composições executadas nas salas de concerto. Enfrento plateias hostis e críticos mais preocupados com minha circuncisão do que com minha arte. Por isso, engoli o antissemitismo e recusei entrar no assunto da influência judaica em minha música."

"Quem ouve o terceiro movimento de sua *Sinfonia n.º 1* sabe muito bem de onde veio", retoma o tema Tuvia, interessado em marcar a raiz judaica do compositor, porque orgulhoso dela.

"Estou farto dessa velha discussão sobre influências, prefiro ficar com a subjetividade do ouvinte. Se, para o senhor, aquele movimento lhe faz lembrar suas origens, muito que bem. Pouco importa de onde veio para mim, se da música popular da minha terra, do pouco judaísmo que vivi ou da taverna de meu pai. O que interessa é o impacto no ouvinte, que é livre para torná-lo seu", responde, apaziguador e dirigindo o afinador rumo à cabana. O maestro retoma o caminho e lhe fala em tom doce: "Vejo que aprecia meu poema sinfônico".

"Se me permite a ousadia, maestro", começa, tomado de uma valentia incomum enquanto enxerga o olhar encorajador do mestre, "construí para mim uma interpretação sobre os eventos, a que se refere no terceiro movimento".

Com as sobrancelhas levantadas, o surpreendido maestro dá espaço para escutar com curiosidade o que o novo pupilo tem a dizer.

"Em lugar de tratar-se do funeral do caçador pelas mãos dos animais caçados, como relatado na fábula, imaginei que fosse a sua forma sutil de se colocar no lugar dos animais, debochando dos algozes antissemitas que o perseguem. Uma vingança em forma de música, no cortejo fúnebre de seus inimigos, ao som de *Frère Jacques*. Sempre entendi ser esse o verdadeiro Titã, não o que alguns atribuem à obra de Jean Paul."

Dentes brancos surgem em meio ao sorriso incontido e um suspiro de aprovação. Sem confirmar ou negar a teoria interpretativa, repousa a mão no ombro de Tuvia e segue a caminhada com satisfação. A pequena construção surge, e os olhos de Tuvia, que esperava uma casa mais majestosa dada sua importância para a música, não escondem a frustração. Antes mesmo que possa demonstrar o espanto, o maestro sugere estender a caminhada em torno do lago, para então voltar ao humilde estúdio. À porta do pequeno casebre, estende a mão e oferece ao afinador para que deixe seus instrumentos de trabalho na segurança do ambiente fechado, a fim de caminhar com as mãos livres.

"Maestro, se não se importa, posso lhe fazer uma pergunta?"

O leve aceno de cabeça e arquear de lábios são o suficiente para o maestro encorajar a indagação.

"Afinal, o que o senhor busca com sua música, por que compõe?"

"Não compomos, somos compostos", rebate, curto e seco, sem tempo para que Tuvia chegue ao ponto de interrogação. Percebendo a acidez do próprio comentário, volta a aveludar a voz: "Eu sou como o senhor, estou em busca de harmonia em meio ao caos da vida, sr. Frenkel". Suspira e prossegue: "No fundo, eu sou o mesmo menino de Iglau, marchando atrás da banda, com meu pequeno acordeão". Diante do silêncio de Tuvia, o maestro prossegue: "Talvez o que busque seja uma música da natureza, colocada na sala de concerto, em plena cidade".

"Não é à toa que o classificam como a ponte entre o Romantismo e a Modernidade", arrisca, inseguro, Tuvia, sem mirar o interlocutor nos olhos.

"Meu caro, a última coisa que quero ser na vida é uma ponte. Meu sonho não é me tornar o Moisés que avista a Terra Prometida, mas é impedido de entrar com seu povo. Desejo estar lá, mas o corpo me falha, sr. Frenkel."

"Sinto muito, maestro." É o máximo que Tuvia tem para oferecer.

"Eu também. A verdade é que eu também." Vira-se para a paisagem ao redor e estende a vista para onde os olhos não podem alcançar. "Amo a vida. Amo estar vivo e poder compor, mas a sombra da morte me acompanha desde pequeno."

Sem que se vire, o maestro segue o relato, enquanto Tuvia não faz mais que oferecer sua presença, sem estar seguro de que o confidente dela precise.

"Não bastava perder sete de meus irmãos antes de atingirem a idade adulta. Ainda teria de assistir à partida de meus pais, uma irmã com um tumor no cérebro aos vinte e seis anos, sem contar meu irmão querido, que resolveu pôr fim à própria vida." O maestro respira fundo enquanto baixa a cabeça, inspeciona os próprios pés, como quem busca a certeza de que ainda está sobre o chão, e volta a mirar o horizonte. "Mas levar minha própria filha, minha Putzi, tão cedo." Mais forças não teve para continuar.

"Não sei o que dizer, maestro".

"Não há nada a ser dito, sr. Frenkel." Outra pausa e nova incursão: "É curioso. Sabe que, quando minha mãe sofria de enxaquecas terríveis, eu ficava ao lado da cama dela e rezava por sua melhora. Em pouco tempo, eu lhe perguntava se estava melhor. Para me satisfazer, ela dizia que sim, então eu seguia rezando, em busca de sua recuperação total. Acredita no poder da oração, sr. Frenkel?"

Desprevenido pela pergunta pessoal à queima-roupa, Tuvia hesita.

"Já tive meus momentos de maior fé", solta pela tangente, inconcluso.

"Confesso que nos piores momentos da agonia de minha filha, assim como de minha esposa, apelei a todas as forças do universo para que não a deixasse partir. Mas a inocência da minha prece de infância já não estava presente e nada foi suficiente para salvá-la. O frio da morte me cerca desde muito tempo. Mas agora posso sentir o inverno da vida chegando e não há composição de verão que possa afastar sua visita derradeira. Seria ótimo aplicar um rubato e roubar mais tempo não sei de onde nem de quem para a minha própria partitura. Existe uma sra. Frenkel?", pergunta, mudando abruptamente o rumo da conversa.

Como responder à semelhante pergunta? Será "existir" um termo com extensão suficiente para abarcar os desejos de Tuvia e não se prender somente às formalidades de ritos sociais, como o casamento, para chamar Irene de sra. Frenkel?

"Não exatamente, maestro", exala, com voz amuada e semblante derrotado.

"O que quer dizer com isso?"

Não fosse suficiente o embaraço da primeira, a forma com que a segunda pergunta lhe chega é direta. Tuvia acusa o golpe como lutador atingido por sucessivas incursões sem a chance de tomar ar entre elas. Apesar da timidez e da falta de convívio suficiente com tal figura para compartilhar sua vida íntima e, ao seu ver, insignificante, toma coragem e lhe conta sobre a existência de Irene desde a infância até os recentes episódios de viuvez.

"Quando me perguntou há pouco sobre o poder da oração, meu primeiro impulso foi responder que sim. Não porque haja pedido por algo de bom, como a cura de sua filha. Há alguns anos, sofro com a culpa de querer tanto Irene que, ao saber da morte de seu marido, comecei a julgar que eu mesmo a provoquei para que pudéssemos ficar juntos. Sei que é uma infantilidade, que não há qualquer relação, mas é inevitável. É como me sinto. Desculpe-me, maestro, não quero aborrecê-lo com minhas futilidades. O senhor tem muito mais o que fazer."

"Minha esposa me acusa de ter buscado a morte de nossa filha ao compor '*Kindertotenlieder*' e depois a *Sinfonia n.º 6*, como se houvesse chamado a tragédia para dentro de nossa casa. Sr. Frenkel, posso assegurá-lo de que, quando compus a *Sinfonia n.º 6*, estava em um momento de enorme alegria ao recebermos nossa segunda filha. Essas superstições têm a malícia de quem atira a flecha e move o alvo de tal forma a encontrar seu centro, não importa quão longe o tiro tenha ido parar. A morte desse homem não tem qualquer relação com seus desejos, sejam eles bons ou ruins."

A conversa parecia não ter mais limites ou constrangimentos, o que faz com que Tuvia busque conselhos frente ao impasse do convite. Ir ou não ao encontro de turma, aproximar-se de Irene e correr o risco da rejeição ou morrer com a dúvida.

"As relações amorosas em minha vida sempre foram intensas. Antes de minha esposa, tive várias paixões. Não sou exatamente o melhor conselheiro para esse ou qualquer outro tipo de relações", responde o compositor, na defensiva.

Tuvia se arrepende, envergonhado de ter exposto questão tão pessoal para alguém que não somente não o conhece como tampouco tem tempo a perder com seus supérfluos conflitos pessoais. Antes que pudesse se desculpar, porém, o maestro prossegue, rompendo ainda mais as convenções de intimidade para um recém-conhecido:

"Melhor a incerteza de um amor não retribuído à segurança da traição consumada."

Sem saber ao certo como reagir, Tuvia cala e prende a respiração.

"Não bastava dormirmos em quartos separados desde o casamento. Hoje, ela tranca a porta do seu, para assegurar-me de que a repulsa é bem maior do que meus devaneios de reconciliação." O maestro encara o afinador, como quem já não tem mais pudor sobre sua miséria. Ri para si mesmo e continua: "É possível que o matrimônio entre a mãe que eu busco e o pai que ela procura, e ambos perdemos, desse mais certo do que o nosso". Com um giro sobre o próprio eixo, o maestro retoma os passos, apontando com a bengala o caminho a ser seguido. "Não a culpo, me entenda bem. Ela sacrificou aquilo que poderia ter sido uma carreira promissora de compositora e pianista por uma vida à minha sombra. Nunca fui o amante à sua altura. Entreguei o que pude de melhor a ela através da minha música, mas creio que até nisso ela demorou a reconhecer qualquer valor."

"Quem me dera fosse capaz de compor uma carta de amor como o *Adagietto* da sua *Sinfonia n.º 5*. Já ficaria feliz de simplesmente ser o receptor de um presente dessa magnitude", retruca Tuvia, com a voz embargada.

"Obrigado, é muito gentil, sr. Frenkel. O fato é que o amor ainda segue de meu lado, enquanto tenho dúvidas se algum dia existiu por parte dela. Talvez sejamos mais próximos nas horas em que lemos um para o outro, pela noite. Ela demonstra um prazer grande nesses momentos, assim como eu, não posso negar. Minha irmã, Justine, nunca me disse claramente, mas esperava que me casasse com Natalie, sua melhor amiga e com quem sempre tive uma afinidade intelectual e musical que jamais compartilhei com outra pessoa. Aliás, eu a conheci em sua cidade, Budapeste." Apontou com um dedo na direção de Tuvia. "Ela, sim, amou em silêncio e sofria de uma espécie de veneração por mim, por minha obra. Infelizmente, nunca lhe retribuí como esperava, e ela sumiu de nossas vidas. Sabe como é, minha esposa não a queria por perto, assim como tampouco queria Lipiner. Com ele, pelo menos, consegui reatar relações em tempos recentes e ainda vou descobrir o parentesco entre vocês."

"Desculpe-me a indiscrição, mas já teve este tipo de conversa antes com alguém?"

"Acredite, a última vez que me expus desta maneira, especialmente sobre a relação com minha esposa, foi também durante uma caminhada. Não foi há muito tempo. Aproveitei minha ida a Leiden, na Holanda, e, por insistência de um amigo próximo, acabei consultando-me com um profissional, na verdade, o melhor de todos." Com um riso curto, o maestro abre-se ainda mais: "Encontrei-me com o prof. F. no hotel onde me instalara, mas aquilo que eu julgara inútil e não mais do que um pequeno encontro sobre um café se prolongou por várias horas de caminhada pelas ruas da cidade. Estava absolutamente cético, mas parece que esta tal terapia da palavra ajuda, de fato, ao colocar para fora nossos fantasmas. Já teve essa experiência, sr. Frenkel?", questiona, procurando desviar de si o holofote.

"Sim, maestro. Embora não pelas mesmas razões. Mas, sim, já me consultei com profissionais, mais de um, para falar a verdade."

"As caminhadas sempre me deram tudo de que precisei. Componho pela manhã, mas as ideias me surgem mesmo nos quilômetros que percorro em contato com o campo. O ar puro me oferece a inspiração que a cabana de composição acolhe então com generosidade e precisão."

Tuvia estava aliviado por ver o maestro mudar o rumo da conversa. Música era tema mais confortável e seguro.

"Para ser sincero, a inspiração ocorre a todo instante. A literatura, em meu caso, é fonte de enorme prazer e reflexão. Desde os tempos em que me sentava no telhado da casa de meus pais para fugir do mundo e me encontrar através de um livro, até hoje, nas mais diversas fontes que me caem nas mãos."

"Sempre tive curiosidade de saber como lhe ocorriam as composições", questiona o afinador.

"A bem da verdade, sr. Frenkel, já fui acusado de plágio ou de apropriação alheia de ideias. Minha sinfonia de estreia foi, primeiro, tomada por similar à obra de um ex-colega, Hans Rott. Depois, com o famoso *Frère Jacques* de que falamos, do qual me apropriei e subverti em outra tonalidade, por ter roubado da própria cultura. Mas, me diga, como alguém pode se julgar criador a partir do nada, quando tudo isso está ao nosso redor?" Abre os braços, gira e volta a encarar o afinador. "Quem, afinal, é de fato original?" Se esperava alguma luz de sabedoria ou simples concordância de Tuvia, nada veio daquele lado, a não ser seguir acompanhando os passos do maestro, com as mãos entrelaçadas atrás da cintura. "Para tornar-se um bom escritor, é preciso ler muito. Para transformar-se em um grande compositor, há de ouvir-se muita música, boa ou de má qualidade. O destino me obrigou a reger muito mais do que gostaria nos anos iniciais. Exigiu que eu dirigisse muito mais óperas do que desejaria. Entretanto, foi o que contribuiu para entender, sentir ou intuir o que funciona ou simplesmente não presta."

"Se não se importa", intervém Tuvia, "por que nunca compôs uma ópera tendo dirigido tantas?"

"Quando se tem Wagner como referência, meu caro, é muito difícil correr riscos. Fui mal acostumado, iniciei regendo *Il Trovatore*, de Verdi, em Laibach, obtive reconhecimento regendo *Don Giovanni* em Praga, onde Mozart estreou sua obra, e assim sucessivamente. Como poderia produzir minha própria ópera? Para ser sincero, tenho enorme admiração pela música sinfônica, que não se explica por meio de palavras. As emoções não cabem na linguagem. Precisamente, onde transbordam e não é possível atribuir vocábulos, é lá onde moram os sentimentos."

"Com todo o respeito, maestro, mas há palavras em algumas de suas sinfonias, sem falar da *Oitava*, que é toda permeada por texto."

"Tem razão, mas, diferente das outras, na *Oitava*, a voz humana é usada como instrumento, não como emissora de ideias. Difícil saber se o que ficará para a posteridade é *Das Lied von der Erde*, emprenhada do verbo, ou minha última *Sinfonia em Ré Maior*, que é puro sentimento, onde não há necessidade de palavras."

"Vejo que depois da *Oitava*, decidiu por não numerar as obras seguintes. Acredita mesmo na maldição da *Sinfonia n.º 9*?", Tuvia pergunta, curioso.

Com um sorriso, o maestro responde, sem jeito:

"Já sei que muita gente me julga por isso. Mas há uma diferença entre superstição e respeito pelo mistério. Deixo a vida incumbir-se de dizer se seguirei ou não os passos de Beethoven, Schubert ou Bruckner. E, de mais a mais, um dia a hora chega para todos, e quem precisa estar lá em pessoa quando se tiver tornado imortal? Mas basta de assuntos pesados. Voltemos à sua musa. O que pensa em fazer a seguir?", escapa agora o maestro com a pergunta e redireciona o afinador rumo ao estúdio de composição.

"Ainda não sei, maestro, estou muito dividido. Por um lado, estou farto de seguir uma vida na incerteza, por outro, o medo da desilusão é tão grande que prefiro aguentar a dor da insegurança eterna. Prefiro o possível engano da esperança à certeza da rejeição. É o que tem me segurado por tantos anos."

"Entendo. Mas não concordo. A vida não acontece na sala de espera. Melhor o risco do erro vivido do que a suposição do sonho incumprido", diz o maestro, sem que Tuvia saiba como retrucar. Está acostumado a ficar desapontado consigo próprio, mas sofre por decepcionar quem gostaria de impressionar.

O trajeto é percorrido sem mais trocas de palavras. Tuvia se cala diante do pouco ruído natural ao redor e do maestro cantarolando pequenos segmentos musicais. Quisera o afinador saber se eram fruto de uma nova composição, pois não reconhecia as notas. Sabe que vai perdê-las, mas não há o que fazer. O maestro ora apoia a bengala no chão, meio metro adiante, antes que o passo a alcance, ora a utiliza como um taco e retira pequenas pedras do caminho. No retorno ao pequeno estúdio de composição, abre a porta para que o afinador reconheça o terreno de seu próximo serviço. Não há muito o que explorar no recinto, a não ser o próprio instrumento, mesa de trabalho e cadeira, cercadas por uma porta e janelas. O ambiente é simples, de uma humildade inesperada para tamanhas conquistas. O próprio piano é de pequenas proporções, em um marrom de tonalidade mais clara e estante de apoio para partituras floreada na mesma madeira. Tuvia nota o cofre no canto de uma das paredes, enquanto o maestro acompanha o curto desvio de seu olhar, mas nada diz. Antes que pudesse se dar conta, o maestro senta-se em frente ao piano e começa a dedilhar o *Prelúdio e Fuga n.º 2 BWV 847 em Dó Menor*, de Bach, que Tuvia reconhece de imediato, embora não esboce qualquer reação, de tão perplexo. O maestro era conhecidamente um grande pianista antes de ter se tornado um dos maiores regentes de sua geração, para então se dedicar às próprias composições. O recital particular é interrompido após cerca dos três minutos de duração da obra, com a pergunta:

"E então, sr. Frenkel, o que me diz?" Notando a imobilidade do afinador, prossegue: "Está afinado?".

Ainda chocado com a destreza do pianista, Tuvia demora um tanto em responder.

"Não me parece, à primeira audição, um trabalho grande. Deixe-me somente abri-lo para ver qual a extensão de manutenção necessária."

Enquanto Tuvia se prepara com os instrumentos de trabalho, o maestro se despede, assegurando que o afinador esteja à vontade. Não tem intenção de acompanhar o serviço, muito menos de escutar os irritantes sons produzidos no momento da afinação. Abre o cofre e rapidamente saca o que a Tuvia parecem algumas partituras. Coloca-as sob o braço e retira-se, deixando o profissional em companhia do piano e da curiosidade sobre as notas que aqueles papéis podem conter.

Capítulo 7

O lar, no fim da tarde de sexta-feira, recebe Tuvia com a mesma eficiência e delicadeza de antes. Como já sabe o caminho, não há necessidade de ser escoltado. Uma vez colocado o crachá de visitante, está pronto para a incursão no pátio interno, onde alguns sorrisos o saúdam enquanto outros o ignoram. Repara em uma placa que aponta para a sinagoga da instituição. Com olhar atento, tem a certeza de que Eszter não se encontra no térreo, o que o faz subir então em direção ao seu dormitório. A sinalização, antes solitária com o nome da mãe, agora tem um segundo nome de mulher. Tuvia tarda alguns segundos para compreender que a mãe passou a ter companhia no mesmo quarto. O primeiro impulso é de certa hostilidade, ainda sem sequer haver conhecido a companheira. Não é dirigido pessoalmente a ela, quem quer que seja, mas à ideia de que a mãe agora não goza mais do simples privilégio da privacidade.

Mais alguns segundos e o pensamento veloz adquire outra coloração. Talvez a companhia seja melhor do que a solidão de um quarto só para si. Antes de entrar, porém, resolve ir até o balcão de serviço do andar e perguntar por Ângela, a fim de certificar-se do novo arranjo. É informado de que hoje não é seu dia de plantão, o que impõe mais frustração a alguém que se habitua muito rápido a rotinas e tem dificuldade com mudanças bruscas, quanto mais sem aviso. Perde a coragem de indagar, dá meia-volta e resolve enfrentar a novidade. Ao adentrar o dormitório, vê a mãe sentada à mesa, cercada de sua nova colega de quarto e outra mulher visivelmente mais jovem. Ambas as senhoras conversam em húngaro, enquanto a mais nova acompanha a entrada de Tuvia com um olhar acolhedor. Apresentações rápidas são feitas, o que não dá a chance de Tuvia testar a memória da mãe. Em poucos minutos, fica claro o ganho social para ambas as senhoras, assim como a sensação de desconforto dos acompanhantes. Parecem sobrar no ambiente, como mesa de canto que nem sequer carrega um abajur ou uma planta para justificar sua função.

"Elas engancharam bem na conversa", arrisca Renata, em direção a Tuvia, e volta-se para a dupla animada. "Tia, vou deixá-las um pouco e já venho." Levanta-se e com um gesto rápido convida o afinador para uma conversa fora do quarto.

Sem muita escolha, Tuvia acompanha, sem dirigir palavra à mãe, que continua na prosa em seu próprio idioma.

Caminha à frente de Tuvia até o fim do corredor e estanca próxima à janela, virando-se para o afinador, com a certeza de que a seguia. Previsível e servil, lá está, a dois passos dela.

"Faz muito tempo que sua mãe está aqui?", inicia Renata. "Confesso que não compreendi muito bem quando perguntei a ela."

"Não... ela... ela chegou há pouco... ainda está se acostumando ao... ao novo ambiente."

As inabilidades sociais e o receio de gaguejar não oferecem nada mais à interlocutora, que, como qualquer ser humano, espera alguma pergunta para entabular um diálogo. Não vindo a indagação, insiste por conta própria:

"Tia Berta me pediu para se mudar para cá. Sei lá, acho que a solidão, junto ao medo de que algo aconteça na sua casa e ninguém esteja por perto para socorrer, fizeram com que ela se decidisse pela mudança."

"Ela parece bem", retruca Tuvia, confortável com frases curtas, como quem passa a bola para o outro lado da mesa, em um pingue-pongue defensivo, sem grandes pretensões de ganhar o jogo.

"Ela sofreu uma queda no ano passado e passou por cirurgia no quadril. Isso acabou com a confiança dela. Agora tem medo de caminhar alguns passos, achando que vai se esborrachar no chão."

"Envelhecer é difícil mesmo", persiste na estratégia de empurrar para o oponente a iniciativa que não possui, com sua coleção de obviedades despretensiosas.

"Fico feliz que pelo menos ela vai ter com quem falar. Não sei se foi coincidência ou se eles a encaixaram com sua mãe de propósito, por conta da mesma origem. Seja lá como for, elas parecem satisfeitas. A cada quanto você vem visitar sua mãe?", especula Renata, sem saber o papel que deve desempenhar a partir de agora.

"Minha irmã e eu... hummm... estamos nos revezando", foge da pergunta, sem estabelecer a frequência certa. "Ainda não sabemos como vai ser."

"No meu caso, sou só eu. Tia Berta não tem mais ninguém. Acho que vou ter de conversar com alguém daqui para entender qual é a expectativa."

Ao verem uma enfermeira entrar no quarto de ambas, Renata interrompe a conversa:

"Acho melhor voltarmos e ver se estão precisando de algo." Caminha de volta, com a segurança de que Tuvia viria logo atrás, o que não era surpresa nem para ele.

A oferta de irem à sinagoga, caso lhes interessasse, é feita pela plantonista, uma vez que a chegada do *shabbat* estava próxima. Entreolham-se, Renata e Tuvia, assim como Berta e Eszter, à espera de que alguém dê um veredito. Visivelmente inclinada a ir embora, Renata reage:

"Tia, se quiser, acompanho a senhora até lá, mas não posso ficar."

Estava implícito que tivesse ou não algum compromisso, não era o programa para o qual havia planejado encerrar sua sexta-feira. Como se algo a puxasse, segura a bolsa em direção à porta, pressionando para que a tia tome sua decisão. Eszter e Berta entendem-se rapidamente em húngaro e resolvem visitar o serviço religioso, embora nenhuma seja afeita aos rituais. Não resta outra alternativa a Tuvia senão ser o acompanhante não de uma, mas agora de duas senhoras, uma vez que estava claro: Renata terceirizara os cuidados da tia em suas generosas, porque silentes, mãos. Ao estar segura de que ele as acompanhava, Renata despede-se da tia antes mesmo de chegar ao edifício onde se encontra o templo. Agradece a Tuvia e não se dirige a Eszter, como se não existisse. Entrega o braço, que antes estava entrelaçado ao seu, ao de Tuvia, que já tinha o da mãe do outro lado. O afinador caminha agora no centro, a passos curtos, tendo ambas sob sua responsabilidade. Quando está só, Berta agora opta pela segurança do andador, mas, quando há alguém para guiá-la, prefere a sensação de apoio e ser acompanhada.

O edifício no qual está instalada a sinagoga fica no lado oposto do pequeno lago. Não é uma construção majestosa, mas bastante confortável e adequada ao propósito de proporcionar momentos de introspecção e exercício da espiritualidade, tanto para residentes quanto para acompanhantes e profissionais. Um rabino conduz serviços em dias festivos, enquanto no restante do ano contam com a presença de um jovem e paciente rapaz, que busca a participação de sua pequena mas fiel plateia em rituais animados, conforme a ocasião. Uma porta de madeira trabalhada separa o exterior, deixando para trás a cidade e convidando os três novos correligionários ao seu interior. São poucos os presentes, entretanto, logo se entende, pela divisão, que homens e mulheres se sentam separadamente, conforme o rito ortodoxo. Em circunstâncias comuns, Tuvia teria dificuldade de deixar a mãe só, dada sua atual desorientação. Com a companhia de Berta, a única coisa que faz é garantir que as duas estejam instaladas em seus devidos lugares para então ir se sentar do lado oposto, mas na mesma direção, onde consegue manter contato visual seguro. Não tarda para que o jovem se aproxime e se apresente. Entre a genuína gentileza e o interesse de aumentar o eleitorado, mostra eficiência e vocação. Sabedor de que o quórum não seria maior do que o existente, inicia com preces e cânticos, movendo-se no local onde conduz a cerimônia de recepção do dia sagrado. Não tem particularmente uma voz potente, mas Tuvia agradece o fato de ser ao menos afinada.

 A cada dois ou três minutos, Tuvia dirige o olhar para a mãe e sua nova colega. O quanto acompanham o conteúdo do que é dito ou cantado é impossível precisar, entretanto, está claro que se agarraram à aventura como duas colegiais em excursão de exploração. O jovem oficiante dá explicações acerca do poema litúrgico "Lechá Dodi" e suas origens místicas, do cabalista Shlomo HaLevi Alkabetz, antes de convidar os presentes a participarem das estrofes que têm suas iniciais. O refrão fácil convida todos, em melodia agradável acompanhada de palmas vigorosas do aspirante a rabino. Mesmo em momentos nos quais se espera que o público se levante para trechos específicos, Tuvia nota uma audiência sem forças, assim como um oficiante compreensivo. Um senhor próximo de Tuvia, apoiando-se na cadeira da frente, arrisca ficar em pé, com mãos trêmulas, orgulhoso de afirmar sua fé e a vida que ainda pulsa. A grande oração silenciosa é respeitada com solenidade. Não se ouve um pio. Eszter, sem saber ao certo a razão do silêncio, busca em volta a explicação, enquanto Berta lhe faz sinal indicativo de zíper fechando os lábios. Eszter sorri em retribuição, como criança pega fazendo travessura. O cansaço abate o afinador, que afunda na cadeira, exausto. Fixa o olhar no armário ornado de tecido azul--aveludado, com nomes de doadores generosos em linhas de ouro, onde guardam os Livros da Lei. A cerimônia celebra a chegada da rainha Shabbat ou o casamento entre o Criador e Seu povo eleito. Tuvia, no entanto, oscila entre a própria amada e a fé que se esvai, à medida que o tempo consome suas energias. Retira os olhos do livro, não porque não possa acompanhar a leitura, mas por desejar um diálogo franco e aberto, sem intermediários ou códigos. Sua existência desmorona a cada instante. Tudo que era fixo e sólido se move sob seus pés, sem que possa fazer nada. A mãe veio para ficar. Já não vê como possa retornar à vila. E, mesmo que conseguisse, o que dela haveria sobrado para que pudesse dizer que ainda é a mesma? Dentro em pouco, iriam despedir-se e teria de enfrentar as duras palavras que a irmã lhe diria. O templo é a casa das orações e o dia sagrado é propício para as concessões divinas em dobro, mas Tuvia vê-se perdido. Não sabe ao certo o que pedir. Teme o que deseja. Em sua distração, não percebe o jovem estendendo o copo de vinho sobre o qual já havia recitado uma bênção e a ele oferece para dar um gole e passar adiante. O cântico final, *Shalom Aleichem*, dá boas-vindas aos anjos, e o serviço chegará ao fim. Os presentes gostam da melodia dessa canção, que normalmente é entoada nas residências, após o serviço religioso das sextas-feiras. Tuvia não deixa de notar, aqui ela é cantada a pleno pulmão, uma vez que esta é a sua casa, a nova casa de Eszter. Acompanha os demais em balbucios que mais parecem dublagem sobre as vozes dos presentes. Disfarça com palmas, para as quais não teme atropelar a língua. Quando deixam a sinagoga, ainda é dia. Embora o serviço tradicional preconize o escurecer ao despontarem três estrelas, há de adaptar-se à pequena constelação que se faz presente entre os idosos e deixá-los partir em tempo de se servir do jantar. Tuvia vê prudente levar suas damas até o salão, onde é recebido por profissionais que delas se incumbem a partir dali. Se uma ponta de tristeza o abate ao ver que a mãe não lhe dirigiu uma só vez a palavra ou chamou por seu nome, sente-se, no entanto, grato pela chegada de Berta em sua caminhada lenta rumo ao desaparecimento. Talvez seja esse o sagrado que interrompe o profano, como a chegada do *shabbat*. Quem sabe, seja ela o anjo solicitado na canção.

Com a imagem de Berta e da mãe na cabeça, Tuvia deixa o lar, rumo à casa da irmã. Sabe que a conversa será espinhosa, mas não há como evitar. Qualquer desculpa para não ir é postergar o inevitável. De tão cansado, pensa em tomar um táxi, mas resolve abraçar a caminhada até o metrô como forma de colocar a cabeça no lugar e preparar o espírito para uma discussão unilateral. De mais a mais, a estação Marechal Deodoro fica a meia quadra do apartamento de Zsófia. Não faz um ano desde que a inauguraram, o que é uma mão na roda para evitar cruzar a avenida Paulista de carro, ainda mais pagando a corrida. Tuvia sempre pensa duas vezes, além do preço, na situação desconfortável de ver-se obrigado a conversar com o motorista. Quanto mais trânsito, mais conversa. O vagão do metrô corre no subsolo, ambiente de sombras no qual Tuvia trafega melhor, mergulhado em anonimato e discrição. Nem a irmã pedira nem ele tivera tempo de comprar algo para levar ao jantar, mas detesta chegar de mãos vazias. Desconfia que irão julgá-lo um aproveitador, do tipo que desfruta do jantar e vai embora sem contribuir com mais que sua presença e a boca faminta. No caminho, decide fazer uma rápida parada no supermercado, onde deseja comprar uma garrafa de vinho, embora não seja consumidor, tampouco conhecedor. Na rápida visita ao setor de bebidas, é indagado pelo solícito vendedor acerca da harmonização, para a qual Tuvia não oferece nenhuma resposta senão o levantar de ombros. Para quem está habituado à harmonia musical, parece um conceito estranho relacioná-la com comida. Como Tuvia desconhece o cardápio, muito não tem para contribuir à pergunta e resolve estabelecer o preço como critério principal para a escolha, porque único de seu domínio. Insatisfeito crônico com decisões ou com a fixa ideia de que tudo nunca é o bastante, passa pelo corredor de salgadinhos e toma também um pacote de amendoim japonês, que sabe ser um dos preferidos do cunhado. Não é claro se busca sua aprovação ou uma razão a mais para prevenir potenciais discussões, amansando a fera pelo estômago.

De saquinho na mão, é recebido no apartamento por uma porta entreaberta e um chamado da cozinha:

"Entre, Tuvia, estou aqui, com coisas no fogão." O anúncio da portaria chegara antes pelo interfone e era a senha para a entrada sem formalidades. Isso não impede que Zsófia o receba com o costumeiro abraço e beijo no rosto. "O que você trouxe? Não lhe pedi nada de propósito, para você não se preocupar!"

"Não é nada." Deposita a sacola na bancada da cozinha, enquanto Arnaldo entra pela mesma porta.

Sem que haja tempo, Arnaldo abre a sacola plástica e reage:

"Hummm, qual é o motivo da comemoração?", diz ao apanhar o vinho, sem se dar conta de que fora Tuvia quem o trouxera. "E tem mais!", anuncia ao retirar o amendoim japonês, olhando diretamente para a esposa, com um sorriso largo.

"Tuvia, você fica mimando o Arnaldo, depois sou eu quem tenho que aguentar."

Ao perceber o engano, já era tarde demais, vê-se então obrigado a agradecer ao cunhado e saudá-lo, o que não havia feito, ainda que o tivesse visto antes da sacola.

"E desde quando o senhor sabe alguma coisa de vinho?" Dirige o olhar ao irmão.

O único que acrescenta à reação dos ombros no supermercado é o balançar da cabeça lateralmente.

"Vamos já para a sala. Arnaldo, me ajuda aqui a levar tudo", distribui as ordens, acostumada que está a tocar sua própria orquestra.

O cheiro de peixe junto a ervas aromáticas invade o ambiente quando Zsófia abre o forno.

Ao se sentarem, Arnaldo abre a garrafa, enquanto Zsófia inicia, mansa, a conversa.

"E como foi no lar?"

Um rápido julgamento permeia o semblante da irmã quando Arnaldo faz menção de servir o vinho a Tuvia. Como tudo em Zsófia transborda, não fica só no olhar e fuzila então o irmão, com a simples pergunta:

"Tem certeza?" Com a implícita mensagem de que talvez não seja uma boa ideia a mistura de álcool com remédios que Tuvia toma ou deveria tomar regularmente.

"Só vou experimentar... Mas, antes... me deixe... comer algo." Serve-se então da salada de batatas e um pouco de fígado batido com ovos e cebola, que acompanha com uma fatia de pão preto. Sem esquecer a pergunta inicial, Tuvia retoma o boletim informativo: "A mamãe tem uma... uma companheira de quarto", anuncia, enquanto processa pensamentos e comida em sua boca.

Arnaldo, que já atacara os amendoins, segue o ritmo e ruído fazendo estalar as cascas duras entre seus dentes, enxaguando os resíduos com o vinho que agora lhe serve de bochecho.

"Bom, uma hora iria acontecer. Eles têm de fechar a conta. Aquela cama vazia ao lado não contribui para pagar os serviços que a mamãe está recebendo", responde a pragmática dentista. "E como ela é?"

"Húngara." É a definição que primeiro lhe vem à mente.

"Ah... Teve a chance de conversar com ela?", insiste, curiosa.

"Não muito, mas... fomos à sinagoga juntos."

"Isso, sim, é uma surpresa!", solta rápido a irmã, servindo ao irmão um copo de água ao lado da taça de vinho. "Ela é religiosa?"

"Não me pareceu", responde Tuvia, com as costumeiras frases telegráficas para evitar travar a língua de forma desnecessária, sobretudo com a tensão antecipatória da conversa que está por vir. Sabe que esse preâmbulo é só o aquecimento.

Acostumada, por sua vez, a sacar informações dele a prestações, Zsófia mantém o diálogo paciente.

"Estava sozinha no quarto?", prossegue com o interrogatório, como se fizesse uma anamnese em mais um de seus pacientes.

"Tinha uma sobrinha quando cheguei."

"Interessante. Deve ser sozinha", infere a mente científica.

"Renata."

"Puxa, que nome para uma pessoa mais velha. Não é comum na geração dela, muito menos da Hungria", suspeita Zsófia.

"A sobrinha. A senhora... chama-se Berta."

"Agora, sim, faz sentido." Como tudo o que ela busca na vida. "E como você viu a mamãe?"

Essa pergunta era mais complicada, cuja resposta não era tão facilmente sintetizada em poucas sílabas. Tuvia atravessa um momento em que tem de pensar em sua própria reação ao que enxerga na mãe, para classificar como ela se encontra. Não tem a mente analítica da irmã. Mescla o ímpeto organizador com a sensibilidade que busca conter em si e termina por bagunçar a razão com emoções sobre as quais não tem controle.

"Difícil dizer", pausa para não tremelear e continua, "mas acho que... acho que gostou da companhia". Enquanto come, Tuvia nota que a irmã está de olho em suas mãos para verificar se e quanto tomará do vinho. Mas ele não lhe dá o prazer de reprová-lo. Decide simplesmente ignorar a taça e agarrar o copo de água, fazendo com que ela guarde o julgamento para si cada vez que repete o movimento.

Sem perguntar, Zsófia serve então o peixe com um arroz pigmentado de amarelo, tanto para Tuvia quanto para o marido. Encara o irmão e imprime um tom de seriedade em sua voz:

"Tuvia, precisamos falar sobre o que vem pela frente."

Isso é o suficiente para que Tuvia se ajeite na cadeira e prepare o espírito para o esperado discurso. Enquanto isso, Arnaldo continua ingerindo o que aparecer em seu prato, mas agora alterna o foco com olhares diretos a Tuvia, para medir sua reação à conversa.

"Da maneira como evolui o quadro, é praticamente impossível que ela volte para casa", finaliza a frase e espera um comentário que não vem, o que serve de estímulo para seguir adiante. "Vamos ter de providenciar um arranjo com o lar para que ela esteja bem atendida. Isso vai custar, você sabe."

Tuvia ouve, inerte, aguardando o tiro de misericórdia que definirá seu futuro.

"Quero ir até lá e negociar bem." Manter a boca cheia é a estratégia para que não tenha de retrucar até que ela tenha terminado de colocar seus argumentos. "Nós queremos assegurar a você que..."

Tão logo Tuvia escuta a primeira pessoa do plural, fica atordoado. Arnaldo não opina, nem deveria ter voz, quando se trata de Eszter. Perde a atenção e começa a ter dificuldade em focar o rosto da irmã, bem como sua fala.

Percebendo a alteração no semblante, Zsófia interrompe e pergunta:

"Você está bem? Está me entendendo?"

"Sim... pode... pode colocar um pouco mais de água, por... por favor?", pergunta, disfarçando o que não pode ser escondido.

"Claro." Derrama o líquido transparente de uma jarra, enquanto Tuvia segura, trêmulo, o copo suspenso no ar. "Tuvia, queremos assegurar a você que nada vai mudar na sua vida. Pelo menos, por agora. Arnaldo e eu conversamos com o tio dele, que nos ofereceu ajuda financeira para o que precisarmos com a mamãe. Toma devagar, por favor. Temos uma pequena reserva para emergência, que pensamos em usar para quitar o apartamento na hora certa. Mas chegamos à conclusão de que esta é uma emergência. Se precisarmos, vamos usar. Você entende?" Segue olhando para o irmão, que não esboça mais do que a enigmática face sob a qual os sentimentos são inescrutáveis. "Não quero que você se preocupe com a casa da vila. Não vamos tocar nela. Enquanto tivermos recursos, queremos que você fique lá. Nós vamos encontrar uma forma de ir pagando o lar."

A vergonha por ter pensado que a irmã e o cunhado conspiravam para tirá-lo de casa cai como uma bomba, pior do que o despejo em si.

"Mas... de onde... de onde vocês vão tirar o dinheiro?", balbucia em volume quase inaudível.

"Nós vamos dar um jeito. Já me organizei para mais horas de trabalho no consultório e um curso de odontologia que está precisando de professores. O importante é você saber que sua rotina não muda. Você contribui com o que puder. O pior que pode acontecer é termos de hipotecar a casa da vila ou o nosso apartamento, mas não quero falar sobre isso agora."

Tuvia evita o quanto pode dirigir os olhos ao cunhado.

"Puxa, não sei o que dizer", hesita, baixa a cabeça e dirige-se mais para o peixe à sua frente do que aos olhares que o encaram. "Quem sabe... quem sabe eu possa... ou deva conseguir mais clientes."

"Você já tem demais com que se preocupar. Esta conversa é justamente para você desocupar a mente da questão financeira. Vou precisar da sua ajuda indo visitá-la sempre que puder. Vou ter menos tempo. Ah... decidi não ir visitar a Bia, que, aliás, nem sabe que eu iria mesmo."

"Mas isso não está certo", reage Tuvia.

"Tuvia, o certo agora é cuidar da mamãe. O depois a gente decide depois. Já faz tempo que quero te perguntar: você segue visitando o terapeuta?"

Diante da guinada na conversa, Tuvia surpreende-se em responder que sim, embora esteja mais com o maestro na cabeça do que com o profissional que já não vê há muito tempo. A relação estabelecida entre ambos não só acaba por trocar confidências, mas por ajudar com as questões que o afligem. Além do mais, tem mantido certa regularidade, então por que não a chamar de terapia se lhe faz bem? Entretanto, mais detalhes sobre as conversas com o maestro, Tuvia decide não compartilhar.

O jantar prossegue com assuntos mais amenos. Zsófia colocou o necessário e não pretende ir além. Como sempre, todos os presentes mantêm os subentendidos sob a mesa. O misto de ressentimento e gratidão que paira no ar não encontra morada em palavras proferidas, mas certamente nos pensamentos e sentimentos que agora trafegam em seus íntimos. São como pássaros que, há muito engaiolados, mesmo soltos, já não se permitem voar. Zsófia desculpa-se por não ter tido tempo de preparar uma sobremesa, mas serve um sorvete de massa comprado no supermercado. Tuvia mergulha duas colheres pequenas dele em seu café, assim não o adoça e esfria a temperatura agradável ao paladar de forma natural e imediata.

Sem que mais houvesse para ser dito, Zsófia oferece carona, que Tuvia insiste em recusar, alegando o cansaço dela e todo o trabalho no preparo do jantar. Diante do impasse, Arnaldo surpreende ambos:

"Deixe que eu o levo."

Apesar de uma ou duas tentativas, Tuvia desiste de convencer o cunhado e se deixa levar à casa.

"Descanse no fim de semana. Vou visitar a mamãe no lar com o Arnaldo. Ele tem de ir, de toda forma." Acompanha o irmão até o elevador. "Acabei de lembrar que não acendemos as velas, nem fizemos as bênçãos." Coloca uma mão na própria cabeça e outra no ombro do irmão. Tuvia faz menção de voltar para a sala, mas Zsófia o encoraja a seguir com o marido para a garagem, não sem antes perguntar: "Arnaldo, você está bem para dirigir?", referindo-se ao vinho do jantar.

Ele dá de ombros e lhe faz uma cara de quem não se abala com uma ou duas taças.

Como de costume, os trajetos de carro que envolvem os dois cunhados não são de muita troca. Nesta ocasião, ainda pior, uma vez que só estão os dois, sem mais ninguém para quebrar o incômodo, mas seguro silêncio. O rádio anuncia novas prévias de intenção de voto na eleição que se aproxima em seu segundo turno. Nada suficiente para que ao menos um inicie o diálogo. Fora de seu habitual, Tuvia sente-se na obrigação de dizer algo, como forma de agradecer a colaboração com a mãe e consigo. Mas como encontrar as palavras adequadas? Seguem o trajeto que não é longo o suficiente para uma discussão interminável, nem tão curto para se manter calado sem causar estranheza, dada a conversa do jantar. O carro tem a vantagem de não precisar olhar nos olhos enquanto se estabelece uma conversa. É possível seguir falando e olhando adiante, ou mesmo para o lado, sem que o desconforto do contato visual inviabilize o embate de palavras. É nesse espírito que Tuvia toma impulso pouco antes de chegarem ao Bom Retiro, na esperança de finalizar tão logo se inicie a conversa.

"Muito obrigado, Arnaldo... Queria... quero agradecer toda a ajuda", fala e segue mirando o farol que recém se abre no trânsito.

"Está tudo bem", responde o cunhado, sem se alongar. Após uma pausa que parece infinita, acrescenta: "Tem falado com a Bia?". Essa, sim, é pergunta que explora terreno perigoso. Qualquer resposta pode significar um conflito direto. Mentir é complicado, tanto quanto falar a verdade.

"S... s... sim, falei brevemente", foge do assunto, sem dar muitas pistas.

"Olha, Tuvia, você não é culpado por minha relação com ela, nem pelas decisões de se mudar. Só queria saber como ela está. Hoje, está mais fácil saber dela por você do que pela Zsófia", abre-se Arnaldo, em busca de notícias que não consegue da filha, tamanho é o hiato criado entre ambos, ou do embaraço e orgulho estabelecidos para admitir suas faltas com a esposa.

Surpreso, Tuvia recolhe a armadura e é invadido por sentimento novo em relação ao cunhado, que agora enxerga isolado.

"Ela me parece bem... Creio que... que está feliz."

"Não vou pedir que você me conte nada. Só quero que me prometa uma coisa. Se ela estiver passando por algum aperto, qualquer dificuldade, por favor, você me avisa. Sei que ela não vai me procurar. É tão teimosa quanto eu."

"Pode deixar." É até onde Tuvia consegue ir.

"Ela é forte, mas meu medo é que ela coloque o orgulho na frente da necessidade, entende?"

"Bia é madura. Se precisar... ela vai pedir ajuda." Tuvia procura acalmar o pai, sem precisar a quem o auxílio seria pedido.

"Não sei, não. Penso por mim mesmo e não sei se pediria."

Tuvia teve vontade de retrucar, dizer que Bia não era como ele, felizmente, mas que benefício isso traria agora? Desejaria explicar que a necessidade de Bia não é apoio material na hora da dificuldade. Para cumprir o que de fato a filha busca, entretanto, seria necessário que Arnaldo fosse outro. Seria pedir que o limoeiro desse abacate.

"Não precisa entrar na vila... posso descer aqui... aqui mesmo." Tuvia aponta para a calçada na rua Prates, para que o cunhado não tenha de fazer o retorno na vila sem saída.

"Não se esqueça", despede-se Arnaldo, antes que Tuvia bata a porta do carro atrás de si, ao que o afinador responde com um firme aceno de cabeça, com olhos fixos no cunhado.

Ainda não é tarde. A vila abriga alguns moradores em suas calçadas, jogando conversa fora, tomando uma cerveja em banquinhos baixos, talvez batendo uma partida de dominó, discutindo política, quem sabe. Os poucos passos que separam Tuvia da rua principal e o portão da casa térrea são suficientes para refletir sobre a conversa ocorrida há pouco no veículo. A pose de durão ou a falta de consciência dos próprios desacertos se esvaem na imagem que Tuvia tem de Arnaldo. O que o invade agora é um sentimento de compaixão por alguém que gostaria de, mas não sabe, ser distinto. Como vem, o pensamento vai embora e é substituído por um nó que sufoca sua garganta. Ao abrir a porta de casa, entende o insustentável peso que sua existência tem para aquela família. O som da fechadura e os calçados em contato com a madeira só acentuam o vazio sem sentido que sua presença causa.

Não precisa de luz, reconhece o corredor que leva à sala. É capaz de saber ao certo o número de passos que separam os cômodos. Zyssale, no entanto, espera ser alimentado. Faz ruído para ser notado, e a algazarra surte efeito. Tuvia vai direto à cozinha, em busca de sementes. Descasca uma laranja e corta uma cenoura. O banquete está servido em poucos minutos e é saboreado pela ave multicor, agora ocupada em se satisfazer, sem que a luz fosse acesa. Na penumbra, Tuvia caminha até o aparelho de som e encobre o tique-taque do relógio com as suaves notas de clarinete e violinos de Respighi entre os *Pinheiros de Roma*, que já iam pela metade. Senta-se à poltrona e reflete sobre o fim de semana que tem pela frente, sem que tenha de ir ao lar, caso aceite a sugestão da irmã.

Capítulo 8

O sábado começa cedo e distinto. Em lugar de aguardar por uma eventual batida na porta, é Tuvia quem se adianta, contribuindo com sua presença ao necessário quórum da pequena sinagoga. Após uma noite de reflexões e sono intranquilo, resolve entregar-se à voz das preces de outros para aliviar a culpa de seguir respirando, de ser não mais do que um fardo aos poucos que ainda lhe restam. Adentra o *Shil* da Vila e, como de costume, busca assento onde a interação seja mínima. As piadas que normalmente o prof. Abrão faz quando alguém retorna ao templo após longa ausência, no caso de Tuvia, são deixadas de lado. Com um leve aceno, a um só tempo, convida, agradece, compreende, com a cumplicidade que as palavras, longe de expressar, só poderiam atrapalhar. Sobrariam. Daí o motivo do silêncio.

Respeitoso, Tuvia usa sobre a cabeça a quipá e espera que, apesar de diminuta, cubra todo o seu ser enquanto ali estiver. Usa o tempo de permanência para a própria reflexão, enquanto se empresta para que ao menos algo de útil o seu estar possa provocar naquele espaço. Nota que há mais de dez homens, no entanto, o que já era suficiente para seguirem o ofício religioso mesmo se resolvesse sair. Deve haver alguma celebração para que o quórum esteja formado ou simplesmente mais gente decidiu ali buscar o abrigo que fora não encontra. O universo parece afirmar-lhe por todos os cantos o quanto é desnecessário. A vergonha de dar meia-volta e partir o faz seguir onde está, sem se mover. O tom das preces e as repetições melódicas o deixam rapidamente em um estado de torpor, como se meditasse. Busca a reconciliação com sua existência. Quer a resposta para continuar vivendo, sem que o custo reflita sobre quem ama. Eszter já não necessita de seus cuidados, com sorte, saberá ainda quem ele é. Para Zsófia e Arnaldo, quão mais fácil seria a vida caso o imóvel da vila estivesse desimpedido. Ao que tudo indica, o fato de ele existir ou não tem tanto impacto quanto a árvore que cai na floresta no meio da noite. Ninguém sabe, ninguém ouviu. A quem importa? Certamente à sobrinha, mas, além da distância, ela é a última sobre quem Tuvia deseja despejar o entulho em que se transformou. A longa oração de sábado transcorre como de hábito, com leituras, silêncios, canções, um levantar e sentar que Tuvia ignora quando absorto, ou mecanicamente obedece ao repetir o que os demais fazem. Como não tem pressa, ao final do serviço religioso, decide mastigar, em um canto da mesa, a pequena refeição fruto de oferenda de um dos frequentadores, em homenagem ao *Yurtzait* de seu falecido pai. O prof. Abrão dedica algumas palavras em homenagem ao senhor morto há dez anos, e assim também faz o filho, cobertas de copos ao final, a quem bebem por sua memória e legado, não sem antes proferirem um sonoro *Lechaim*. O afinador levanta um copo vazio, pois vodca não é uma opção para afogar suas mágoas ou celebrar o que desconhece de valor em sua vida. Não é só seu copo que enxerga vazio. Mergulha em si, em busca de respostas a questões como: haverá alguém para erguer uma taça quando eu partir? E que diferença isso fará? De que serve brindar à vida quando vida não há? Só o que lhe resta é observar os presentes e deixar o recinto com a discrição de sempre. Deposita a quipá no cesto da entrada, junto à porta do *Shil*, e caminha com passos pesados de vila a vila.

Ainda de longe, enxerga uma moça que, antes sentada ao pé de sua porta, em um salto, levanta-se com um sorriso largo ao notar sua chegada.

"Bia!"

Antes mesmo que seguisse com a frase de espanto, a sobrinha o encobre com um afetuoso e longo abraço. Sente em seu peito reverberar o choro que ela agora derrama solto e convulsivo. Enquanto a deixa liberar o que quer que lá se tenha armazenado, nota a mochila grande na calçada, junto ao portão da casa. A caudalosa reação é fruto de uma mescla complexa de felicidade por rever o tio com o sentimento de profunda tristeza em função da avó, a distância criada com o pai e tantas outras emoções e histórias que esses dois anos de distância guardam. Sem perder tempo, tão logo o abraço se desfaz, Tuvia carrega para dentro, com alguma dificuldade, o peso físico e a compreensão do que representa a mochila, convidando a sobrinha para que vá à sua frente. Sem proferir ainda uma palavra, ela caminha pelos corredores com delicadeza, como se fosse despertar alguém que dorme, ou simplesmente se chocar com a ausência do que antes era habitual. Dirige rapidamente o olhar para dentro do quarto da avó e logo volta a cabeça para encarar o tio, que a evita, mirando para baixo. Quando chega à sala, é Zyssale quem descontrai o ambiente, como se agarrando a deixa para uma tarde mais promissora.

"Bom dia, Tuvia."

"Bom dia, Zyssale", retribui Bia, aproximando-se do papagaio, mas sem tocá-lo, com receio de que o tempo tenha criado um justificado estranhamento.

"Decidi vir", dispara Bia ao tio, em meia-volta rápida. "Não aguentei escutar as notícias e correr o risco de não me despedir." Em nenhum momento toca no nome da avó ou na maneira carinhosa como a chama de vovó. Tão logo solta sua garganta, percebe o efeito da frase no tio. "Desculpe. Não espero que ela morra amanhã, entende, mas não poderia deixar de vir, de abraçá-la, sei lá, de estar por perto. Não me perdoaria."

"Está tudo bem. Está com fome?", pergunta Tuvia, sempre preocupado em alimentar a sobrinha, tentando aliviar a conversa.

"Comi no avião e a verdade é que estou até meio enjoada. Deve ser o *jet lag*, não sei."

"Um chá?", insiste Tuvia, e ela cede com um sorriso.

Enquanto ele se dirige à cozinha para acender o fogo e colocar água na chaleira, ela liga o rádio para que não seja envolvida em silêncio. Segundos após o botão ser acionado, sem que ainda houvesse chegado à cozinha, ouve-se a voz de Bia:

"Brahms, *Sinfonia 3*."

E ambos riem ao som da cumplicidade. Não tarda até que o apito anuncie o retorno iminente de Tuvia à sala, com uma bandeja. Nela, as xícaras de chá, mas também rosquinhas doces que Bia adora desde criança e nunca faltaram na casa da avó. Tuvia, mesmo na ausência da sobrinha ou da mãe, por ofício da mente escrava à rotina, segue comprando novas até vencerem o prazo de validade. Com a disciplina de sempre, ele as repõe à medida que as datas chegam. É sua vida, cumprir a espera regrada das datas a chegar, não importa o evento.

Como sempre, é Bia quem toma a iniciativa. Não aguarda que o tio lhe encha de perguntas. Nunca o fez, não seria agora o momento.

"Eles ainda não sabem que estou por aqui. Decidi de última hora. Comprei uma passagem mais barata e resolvi embarcar."

O olhar atento e a boca calada do tio a encorajam a seguir.

"Se você não se incomodar, preferiria ficar aqui durante minha estadia. Não quero ter de enfrentar vinte e quatro horas de convivência, cafés, almoços e jantares com meu pai na situação em que nos encontramos. Vai ser bom pra mim e espero que pra você também, não acha?"

"Você sabe o quanto fico feliz… com a sua companhia", aborda Tuvia, com cuidado, "mas como você acha que… eles vão reagir?".

"A verdade é que não me importa", retruca. Após curta pausa, segue: "Não, claro que me importa. O que não vou fazer é ceder sem que antes haja uma conversa. Até lá, prefiro ficar por aqui. Lógico, se não incomodar você."

"Difícil vai ser explicar… que eu não sabia… de nada disso", pondera Tuvia.

"Fica tranquilo, eu explico para minha mãe e a gente se entende", diz, deixando estrategicamente o pai de fora, como se não fosse ele o foco da discórdia e única razão de reconciliação.

A alegria interior que invade Tuvia o faz esquecer a insignificância de sua vida há pouco questionada. Absorve cada palavra, olhar e sorriso da sobrinha, como quem recebe uma garrafa adicional de oxigênio em mergulho profundo, prestes a ficar sem ar. Ambos submergem no diálogo cujo fundo musical, a cada mudança de faixa, é celebrado com uma troca de olhares, um respiro de Tuvia para que Bia tenha a preferência no palpite, e voltam à torrente de notícias do curso, das aventuras em Londres, dos trabalhos, relações e tudo mais que lhe ocorra compartilhar. Sabedor de que a irmã a qualquer momento pode telefonar ou, pior ainda, aparecer, sugere que Bia tome um banho e vá visitar a avó no lar. Um campo neutro para o primeiro encontro pode ser uma estratégia eficaz para evitar conflito e dar uma boa surpresa para todos. Alerta, porém, para o estado em que Bia encontrará a avó, tanto quanto a possibilidade concreta de que não a reconheça. A dura realidade não chega no escuro. Zsófia já havia dividido as notícias com a filha, razão pela qual havia sentido a urgência da viagem.

"Não importa que ela não me reconheça. Preciso admitir que vim mais por mim do que por ela", assume Bia ante a admiração do tio pela sua honestidade e retidão de sempre.

A vontade de Tuvia era que ela fosse sozinha até o lar, mas como deixar que Bia enfrentasse só duas batalhas tão duras, as circunstâncias familiares em que se encontra e a avó, que era uma incógnita? Juntos, tomam o metrô, pois Bia se recusa a ir de táxi, acostumada que está com a vida londrina de transporte público e contenção de gastos desnecessários. Tuvia não a contraria após a primeira insistência.

Uma rápida passagem pela recepção e ambos estão devidamente identificados com crachás de visitante. Antes mesmo que pudessem pôr os pés para dentro, ouvem-se palavras dirigidas a Tuvia, de alguém que caminha por trás:

"Vai tocar para nós hoje, no jantar?"

Ao virarem, tio e sobrinha deparam-se com a enfermeira, que acabava de bater o cartão de saída.

"Ângela... minha sobrinha, Bia." Aponta para ambas, evitando o embaraço que um discurso maior possa provocar.

"Você é neta de Dona Eszter? Uhhh, ela vai adorar a visita. Aproveitem, vou descansar", despede-se com brevidade.

Antes mesmo que Bia pudesse reagir e inquirir o tio, ele lhe evita o olhar.

"Quem diria, hein, sr. Tuvia, arrasando corações no asilo. Que história é esta de tocar no jantar?"

"Depois te conto", corta a sobrinha, elevando os olhos azuis até se perderem em suas finas pálpebras. "Por aqui." Indica o caminho do lago, ao redor do qual há várias pessoas em suas costumeiras saídas para tomar ar fresco, um pouco de sol ou mesmo um golpe de mundo que segue girando sem elas lá fora.

"Bia! Oh, meu Deus, é você mesma?" Zsófia estende os braços e caminha a passos ligeiros em direção à filha, deixando por um instante a mãe no banco, de onde segue com os olhos a novidade à distância.

Não se vê Arnaldo por perto. Deve estar com sua mãe, a outra avó de Bia, com quem a neta mantém relação mais distante. O abraço poderia estender-se indefinidamente por parte de ambas. Mas Bia interrompe a mãe para que a avó a veja e não permaneça só, apesar de Tuvia as ter rodeado e já estar postado ao seu lado quando chegam. Escondia o temor de não ser reconhecido na frente da irmã e sobrinha a uma só vez. Talvez pelo grito de Zsófia, quem sabe pela reunião familiar, Eszter recebe a neta com alegria e enche os olhos de lágrimas enquanto pronuncia seu nome e acrescenta "*bubele*".

"Você sabia disso?" Zsófia fulmina o irmão, sem perder tempo. "Você contou para ela que iria fazer surpresa e foi ela quem me surpreendeu", entrega-se Zsófia, sem que Tuvia possa sequer reagir ao desatino.

"Que surpresa?", Bia rebate, com olhar de espanto.

É quando Zsófia verdadeiramente entende que Tuvia nada tinha a ver com a repentina chegada da filha. Entre explicações breves para apaziguar a curiosidade, dedicam tempo e atenção a Eszter, que participa na medida de sua percepção, que não é muita. Não tarda para que Bia pergunte sobre o pai, evitando o estranhamento que esse imbróglio provoca.

"Está com sua avó, lá dentro, na sala de televisão", explica Zsófia.

"Vou até lá", anuncia Bia, emendando que prefere ir só.

A tensão é sentida nos que permanecem fora. É certo que Zsófia vá inundar o irmão de perguntas, enquanto se preocupa com o encontro de pai e filha longe de seu radar. Ao adentrar o salão pela parte de trás, Bia volta a ter o benefício de controlar a surpresa, uma vez que todos estão direcionados a um televisor grande, do lado oposto à entrada. Avista o pai, ao lado da cadeira de rodas que acomoda a frágil figura em que se transformou a sua outra avó. Há perto de quinze ou vinte pessoas no ambiente. Algumas em pares, com seus visitantes, algumas claramente sozinhas, enquanto outras estão acompanhadas de seus cuidadores. Sem que haja tempo para reflexão, Bia abraça o pai por trás, encostando o rosto próximo de sua nuca, enquanto esparrama os braços ao seu redor. Antes que pudesse esboçar qualquer reação, o reconhecimento do cheiro da filha lhe atingiu o cérebro e uma onda de calor o revirou do avesso. Soltou um espasmo de alegria e deixou-se derramar como nunca, sem que uma só palavra fosse ainda proferida. Não foi longo o tempo que passaram com a avó, que se recolheu ao quarto em preparação para o jantar que logo chegaria. Caminharam então juntos ao exterior, para encontrar o restante da família.

A tarde era curta também para Eszter. Logo era sua vez de subir e se preparar para a refeição e despedida dos visitantes, que não ficariam para acompanhá-la em horário tão cedo para apetites de comensais quaisquer, ainda mais num sábado. É certo que tenha reconhecido a neta, ainda que por um breve período, antes de mergulhar em suas próprias ausências, não importando a quantidade de gente ao seu redor, o volume ou teor da conversa.

Vez por outra, filha e neta tentaram incluí-la, mas as distâncias ficam, a cada momento, mais inalcançáveis. Tendo Bia também como novidade, havia feito com que os demais desviassem toda a atenção para a sua direção. Despedidas feitas, Zsófia sugere um jantar comemorativo e pergunta onde está a bagagem de Bia.

Inesperadamente, Arnaldo, de quem se podia antecipar um escândalo, gesticula com uma mão para a esposa, dizendo:

"Depois, meu bem."

O que não se sabia é que Bia o havia advertido com muita clareza sobre suas decisões. Havia feito questão de explicar bem o não envolvimento de Tuvia, a quem pediu permissão para ficar na vila. A frase que convenceu Arnaldo, porém, foi sucinta e direta:

"Pai, preciso de uma trégua." Explicou o quanto o amava, mas que preferia ter uma estadia tranquila e de restauração das relações em lugar de um campo de guerra constante. Havia pensado muito e planejado a conversa com o pai. Agiria de forma madura, não oferecendo espaço para esperneio. Mostraria de uma vez por todas a mulher na qual se havia convertido. Finalizou com: "Por favor, dê a nós uma chance de reconciliação".

Se foi o abraço há muito perdido da filha, ora reconquistado, se foram as palavras sinceras e adultas, o fator surpresa ou tudo isso, algo tocou o coração e a razão daquele homem, que resolveu calar e aceitar a oferta como prêmio de consolação, ainda que a estadia fosse em outro domicílio.

O local para o jantar de comemoração pela chegada inesperada de Bia foi escolha sua. Tão logo entram no carro, o pai lhe pergunta o que tinha vontade de comer, após um bom período ausente de terras brasileiras. A filha não titubeia:

"Quero pizza bem paulistana."

A noite é então celebrada na Margherita Pizzeria, no Jardim Paulista, com direito a chope, que o pai não a havia visto tomar antes da incursão europeia, mas não se atreve a fazer comentário. Há momentos no jantar em que a conversa caminha para terrenos perigosos, mas todos parecem estar imbuídos do melhor espírito de reconciliação. Assunto que causa menos conflito, embora comovente, é a situação de Eszter no lar. Sobre ele, todos parecem estar em um só lado, não havendo espaço para grandes desentendimentos. Tuvia pouco fala, acompanha com os olhos a sobrinha crescida, o cunhado visivelmente contido e a irmã em busca de proximidade, não largando o braço da filha, sentada ao seu lado. Para evitar expectativas ilusórias ou potenciais atritos, Bia logo anuncia ter vindo para ficar somente duas semanas. No dia 10, domingo à noite, toma novo voo para Londres, onde seguirá o curso e o estágio, conforme o plano original. Era uma maneira de explicar: nada muda lá, mas muito há de ser alterado por aqui.

No regresso ao Bom Retiro, o caminho é mais silencioso no carro, a não ser por ocasionais comentários do que se vê pela rua. Gente dormindo sob o minhocão, os inseguros semáforos na Duque de Caxias e a aproximação do bairro pela zona da Boca do Lixo.

"Como pode ser que eu goste disso?", é o que diz Bia, olhando pelo vidro fechado do veículo. "Não sei explicar, mas esta feiura e este perigo fazem parte de mim."

Não mais do que suspiros ou mínimos sons são ouvidos por parte de mãe e pai, enquanto Tuvia prefere não esboçar qualquer reação. Quando o carro estaciona à porta da casa, já dentro da vila, todos descem para se despedirem.

"Quando nos vemos de novo?", dispara a mãe, sabedora de que o pai jamais faria a pergunta.

"Eu ligo amanhã, pode deixar", responde uma compreensiva mas prudente Bia. "Deixa eu me organizar. Quero aproveitar ao máximo os poucos dias que tenho pela frente." Se isso incluía ou não desfrutar da companhia da família não estava explicitamente claro.

Arnaldo já está por dar a volta e entrar no carro quando Bia abraça ambos rapidamente e se despede com beijos no rosto. Tuvia nada diz, reduz-se a pegar a chave do bolso e abrir caminho para o retorno ao que ainda resta daquilo que chama de lar.

Capítulo 9

Embora já houvesse dormido na vila, Bia nunca tinha vivido naquela casa. Ainda criança, passara algumas noites, quando os pais desejavam ou precisavam de algum sossego ou momento para si. O ar de sua infância ainda está presente, tanto nela quanto no ambiente. O quarto que um dia fora de Zsófia é a escolha óbvia para sua estadia. É lá que o tio havia acomodado seus pertences pela tarde e de onde agora mira o teto alto, deitada na cama sem ter trocado de roupa, sob o silêncio da noite. Depois de um farto jantar, recusara a oferta de chá com o tio, que também se recolhera tão logo chegaram. Tuvia, como de costume, não lhe perguntara por planos para o domingo ou semana adentro. Se havia algo que os aproximava era justamente o espaço que ele sabia lhe proporcionar.

Deixa-se envolver por um sono que há muito não tinha; pesado o suficiente que não a deixará acordar até o amanhecer, leve o bastante para descansar sem as aflições costumeiras. No quarto da frente, Tuvia rumina entre a alegria de ter a sobrinha por companhia e a informação de que vai embora na mesma noite, após o jantar dos ex-colegas de escola. Chega a cogitar pedir que o acompanhe para não ficar só. Intervalo apertado, mas com bom planejamento, é possível. Pensa que seria até bom ter a desculpa de deixar a cantina rumo ao aeroporto, tão logo a permanência se torne insuportável. Se tudo correr muito bem, fato que tem pouca ou quase nenhuma esperança, sai em uma hora. Se o evento for um desastre, simplesmente justifica ter vindo para cumprir a confirmação e rever rapidamente os demais.

Com passos lentos, ainda sob efeito de uma preguiça que teima em não deixar seu corpo, Bia sai do quarto e caminha em direção à sala, que está logo ao lado. Escuta o ruído vindo da cozinha mais ao fundo, o cheiro de café recém-passado e uma mesa simples com manteiga, geleia, pães franceses frescos, mel e mamão cortado em um prato. Duas xícaras anunciam o número de comensais e o jornal próximo de um jogo de talheres faz subentender onde cada um se senta. Ao ouvir Tuvia aproximando-se da sala com um bule de café em mãos, Zyssale dispara:

"Bom dia, Tuvia."

No entanto, é rotundamente ignorado pelo afinador.

"Ele segue o mesmo." Sorri Bia, em direção ao papagaio. "Muito obrigada pelo café. O cheiro está ótimo", diz, alternando o foco para o tio.

"Dormiu bem?", pergunta Tuvia, sem tirar os olhos de bule e xícara enquanto serve Bia.

"Apaguei. Acredita que acordei no meio da noite e percebi que não tinha me trocado? E, então, qual é o programa para hoje?", emenda, sem devolver o interesse pela noite de Tuvia.

"Hmmm... tenho um serviço... rápido. Lá no Municipal." Antes mesmo que pudesse terminar a frase que saía lenta, Bia se convida:

"Jura? Posso ir junto?"

Surpreso, pensando que ela teria coisa muito melhor a fazer no domingo, sobretudo em tão curta estadia no Brasil, assente com prazer. O interesse pelos bastidores traz no rosto de Bia uma alegria quase infantil. Acelera o desjejum e, segurando um pãozinho enquanto se levanta da mesa, informa, já em pé:

"Tomo um banho rápido e num instante fico pronta", afirma, sem mesmo saber que hora era o compromisso de Tuvia no teatro.

A promessa de rapidez cumpre-se à risca e, com nova muda de roupas e cabelo molhado, Bia se anuncia pronta para a escapada dominical rumo ao centro antigo da cidade.

O metrô é sempre opção mais rápida para chegar ao centro. Bia sugere que desçam na estação São Bento, pois deseja caminhar pela praça do Patriarca e viaduto do Chá em direção ao teatro. A arquitetura do centro antigo a fascina de forma que segue olhando para cima, enquanto os demais, incluindo o tio, parecem ter olhos atentos à sua volta, com temor de assaltos ou mirando a calçada sob seus pés. Com tristeza, Bia observa algumas pessoas que dormem nas calçadas e nota o quanto a maioria dos pedestres caminha em passo apressado, acostumados que estão com a paisagem, construindo uma indiferença que, ao mesmo tempo, os protege da violência obscena com que a pobreza os atinge. Uma loja de discos projeta alto e em bom som a nova canção de Phil Collins, "Another Day in Paradise". Felizes, os transeuntes e lojistas acompanham o ritmo sem saber que a letra versa sobre a própria miséria que têm diante dos olhos, mas já não podem mais ver. Se é ignorância ou sabedoria o que protege o admirável gado novo, já não é possível discernir. O povo brasileiro segue marcado e feliz.

Já na praça Ramos de Azevedo, em frente ao prédio do Municipal, Bia cantarola em direção a Tuvia o conhecido slogan *"Mappin, venha correndo, Mappin, chegou a hora, Mappin, é a liquidação"*. Ele se limita a sorrir e mover a cabeça de lado a lado. A entrada com destino aos intestinos do teatro é feita por uma rua lateral, por onde também entram os músicos e os maestros em dias de espetáculo. Conhecido na instituição, Tuvia não tem qualquer dificuldade em ser admitido ou circular pelos corredores do prédio. Todas as preparações para *Le Nozze di Figaro* estão ocorrendo a pleno vapor. A ópera deve estrear na quinta-feira, com a Orquestra Sinfônica Jovem Municipal, sob a regência do maestro Jamil Maluf. Em um misto de ocupação com a afinação do piano e o desejo de deixar Bia flanar à vontade, Tuvia a encoraja que explore o ambiente para voltarem a se encontrar em cerca de uma hora. Para essa missão, envolve um velho conhecido maquinista do teatro, que, com disposição, aceita a tarefa de guia, sobretudo ao ver a bela ruiva sorridente ao seu lado.

"Xá comigo, Tobias. Ela está em boas mãos."

Como envolve o Coral Paulistano e um considerável número de músicos, o movimento pelo teatro é grande. Bia acompanha todos os detalhes sendo revistos pelo regente do coro, Abel Rocha, e da direção cênica por Jorge Takla. Caminha discreta, para não atrapalhar o serviço de um sem-número de funcionários. Entre visitas à coxia e ao fosso, ou ao Salão dos Arcos, Bia perde-se em puro êxtase. Devora com prazer as imagens das escadarias, vitrais, sacadas, afrescos e esculturas. Após cerca de quarenta minutos de exploração, pede para simplesmente se sentar na plateia e apreciar o recinto. O olhar vagueia pelo lustre cravejado de cristais e lâmpadas no alto, bem ao centro da sala. Corre os olhos pelo imenso órgão ao lado do palco com os incontáveis tubos. É invadida pelo vermelho da cortina, das cadeiras e das tapeçarias enquanto divaga pensando na importância do teatro durante a Semana de Arte de 1922. Fecha os olhos, sente o cheiro e ruído do lugar ao qual sente pertencer. De frente para o palco, não precisa sequer fazer grandes esforços para enxergar os nomes estelares que por ali passaram. De Caruso a Callas, de Toscanini a Villa-Lobos, toda a cena lírica e orquestral se desdobra na tela de sua imaginação. Os precisos e graciosos passos ou voos de Nijinsky e Baryshnikov. A disciplina de Rubinstein ou os improvisos de Duke Ellington, e a voz inconfundível de Ella Fitzgerald, tudo desfila em sua retina e entra pelos seus tímpanos nesta manhã de domingo, incluindo Tuvia, que a chama pela segunda vez, sem que ela tivesse percebido.

O trabalho está feito. Estão prontos para ganhar a rua novamente. Bia agora quer ir no sentido contrário. Caminham pela avenida São João, onde ela pretende fazer uma parada curta para um mate com leite no balcão do Rei do Mate. Sobem em direção ao largo do Paissandu, onde ambos se divertem ao ver a fauna tão distinta que passeia ao redor da Galeria do Rock, pelos sebos ou simplesmente flerta com os produtos oferecidos por camelôs.

"Tudo isto é feio e lindo ao mesmo tempo, não acha?", compartilha Bia, mas Tuvia não faz mais do que seguir caminhando.

Mais do que sentir algo no coração, quando cruzam a Ipiranga, Tuvia sente o cansaço, que não passa despercebido pela sobrinha. Transpira e caminha cada vez mais devagar, com respirações ofegantes e menos espaçadas.

"Que tal tomar um táxi de volta para casa?", sugere Bia.

Tuvia rejeita, dizendo que o metrô República está logo ali. Sendo domingo, não será difícil achar assento disponível.

Embora houvesse pensado em ir até o lar para visitar a mãe e levar Bia para encontrar com os pais, que certamente estariam por lá, Tuvia deixa-se desabar na poltrona. O regresso à casa da vila cai como um bálsamo em sua carcaça, que mostra sinais de corrosão por fora e por dentro. Bia escolhe um disco e pede que Tuvia não se levante nem em sonhos, enquanto busca algo leve na geladeira para comerem. Sabedora de que a mãe estranharia sua ausência, ou, mais que isso, ficaria ofendida por não combinar um encontro, telefona, sem sucesso, para avisar que irá até o lar sozinha. Sob poucos protestos do tio, que resolve descansar, é para lá que ruma na abafada tarde de fins de novembro, para regressar já noite adentro.

Refeito após um descanso reparador, Tuvia ouve Bia abrir a porta da frente. Com receio de que estivesse dormindo, usa a chave que o tio lhe deixou, sem tocar a campainha na noite que já ia alta. A pouca luz de um abajur e o som leve que reina na sala convidam Bia de volta, como se dali houvesse saído há poucos instantes.

"Como vai, velhinho?", Bia brinca com Tuvia. "Não se levantou daí até agora?"

Em um salto para mostrar quão recuperado estava, põe-se de pé e oferece o costumeiro chá noturno, que Bia aceita mais pela companhia do que por desejo.

"Sabe que você me deixou preocupada. Até conversei com minha mãe, e ela também tem achado você abatido."

Foi o bastante para Tuvia voltar de mau humor e reclamar ser sua saúde o centro de atenções e preocupações, quando julga nunca ter estado melhor.

"Que história é esta de reunião da turma de colégio?", redireciona a conversa, percebendo com sensibilidade o azedume provocado pelo comentário com a mãe.

"Vejo que a visita… foi produtiva", resmunga, rabugento.

"Ah, deixa de ser ranzinza. Quando é? Você vai?", dispara sem deixar tempo para ele pensar em cada uma das perguntas. Na verdade, usava uma estratégia para evitar que lhe perguntasse sobre Eszter, que pouco interagiu com a neta ou a filha. Bia estava segura de que nem sequer havia sido reconhecida pela avó.

Com vagar, o tio vai até o quarto buscar o convite e o lembrete. Bia, já acostumada, acha graça cada vez que Tuvia gira a chave para abrir e trancar a porta do próprio quarto, como se um tesouro escondesse em seu palácio. Ouve à distância os ruídos que reverberam pelas paredes e sorri para si mesma, com afeto, acerca de suas excentricidades. O molho de chaves ecoa a presença marcante que ele tem em sua vida. Com acanhamento, Tuvia hesita em pedir que Bia o acompanhe, mas ela rapidamente compreende e, em lugar de esperar pelo pedido, adianta-se e oferece quase como um pedido de permissão:

"Posso acompanhá-lo?"

Entre surpreso e agradecido, retruca:

"Tem certeza?"

"Se você me garantir que não perco o voo, estou dentro. Não recuso uma massa da Ouro Branco", diz, fazendo soar casual, para que ele não se sinta constrangido. "Há quanto tempo você não encontra essa gente?"

Com um suspiro, inicia a frase:

"O necessário... para seguir vivo."

Desde a chegada de Bia, nada havia sido mencionado com respeito à viagem a Londres em janeiro. Na cabeça de Tuvia, a visita repentina da sobrinha era sinal de cancelamento automático da escapada europeia para juntos assistirem à opera. Tampouco sabia se Zsófia voltara a mencionar seus planos de surpreender a filha, cancelados em função dos cuidados com Eszter. Sem desejar desiludir a sobrinha, Tuvia aproveita a conversa tranquila para tocar no assunto de maneira distinta.

"Que tal... mudarmos os planos... de janeiro?"

"Não entendi, o que você quer dizer?", contesta Bia, surpreendida.

"Em vez de irmos à ópera... em janeiro... que tal adiarmos?"

"Como assim? O Plácido Domingo não vai esperar por você em outra data", retruca Bia, em tom de desacordo. "Fala a verdade, você não tá a fim de ir."

"Bebê... não posso deixar... sua avó agora."

"Pelo que vi hoje, ela não vai nem notar que você foi", fala, já quase arrependida de machucar o tio com suas palavras.

"Não é só por ela... é por mim", Tuvia baixa a voz e mira a sobrinha com olhos cansados. "Quero propor... outro plano a você", retoma, enquanto Bia se ajeita na poltrona. "Que tal irmos juntos... na abertura dos... dos Proms... em julho?", propõe, quase exausto ao empregar frases mais longas.

"Você tá falando sério, ou é só enrolação para ganhar mais seis meses?", responde Bia, desconfiada.

"Eu compro as entradas", desafia, resoluto.

"Fechado." Estende a mão e os dois selam o acordo, com sorrisos reconciliadores.

A conversa segue mais amena, com trocas de discos na vitrola e reposição de chá nas xícaras. Temas que versam de Kazuo Ishiguro, curiosa para saber a opinião de Tuvia sobre o livro enviado, até as últimas óperas assistidas na cena londrina. Para ambos, o tempo passa distinto quando se pode ser nada mais do que se é. Quando a curiosidade espontânea atrai o diálogo e guia a conversa sem pretensões outras que não o deleite do compartilhar. Quando ocorre um verdadeiro encontro.

Bia faz o tio saber que pretende viajar com alguns amigos à praia. Tudo o que puder fazer para substituir o inverno europeu até que retorne ao frio congelante que a aguarda, fará com prazer.

"Vou com amigos da faculdade. Um deles tem uma casa na Ilhabela, bem próxima da areia. Quero desligar uns dias. Estou precisando de sol na minha moleira."

"Seus pais já sabem?", pergunta, consciente de que a ausência da filha em tão curto espaço de tempo vai provocar as críticas do pai controlador e da irmã carente.

"Já comuniquei, não se preocupe. Volto antes do fim de semana, para ficarmos mais tempo juntos."

Ainda que fosse uma moça de vinte e cinco anos, chamativa, solteira e claramente independente, Bia segue vista pelos pais como a criança a quem eles recusam conceder a idade adulta.

"Além do mais, desse jeito vai bem. Não quero exagerar no convívio e estragar a reaproximação. Acredite em mim, muito tempo com meu pai só vai dar oportunidade para perguntas e críticas que não tô a fim de contestar", explica Bia, sem perceber que sua ausência também será sentida pelo tio, que lhe questiona usando outros como justificativa. "Quero aproveitar que em dias de semana vai ter muito menos gente na estrada e na praia do que no final de semana. Já, já as férias escolares começam e um bando de gente desce para o litoral. Aquela balsa vai virar um inferno. Eu quero é sossego", Bia segue, sem dar muito espaço a Tuvia, que escuta com satisfação a alegria da sobrinha. "Não vejo a hora de tomar um banho de cachoeira e comer uma manga embaixo do pé. Parece besteira, mas para essas coisas eu aguento a revoada de borrachudos que já sei que vai estar lá me esperando na saída da balsa. Claro que minha mãe já pediu para eu comprar repelente, protetor solar e por aí vai."

Tuvia não faz mais que sorrir e perguntar quando vão.

"Saímos amanhã no fim do dia e devemos voltar na sexta. Assim pegamos o contrafluxo do trânsito".

Sem ser invasivo, Tuvia certifica-se de que Bia não precise de mais nada e ambos se recolhem para uma quieta madrugada de domingo.

Capítulo 10

Bia desperta quando a manhã já iniciou para milhões de paulistanos que não têm tempo a perder. Parece não se livrar da lembrança do rádio do pai pela manhã a cantar *"vam'bora, vam'bora, olha a hora, vam'bora, vam'bora"*. O pouco que tem a fazer pode ser preenchido em curto intervalo pela manhã, sem andar mais que duas ou três quadras ao redor da vila. O silêncio só é quebrado pelo ruído que vem da cozinha e o papagaio que nota sua presença entrando na sala. A mesa está posta para um. Coloca os ouvidos próximos à rampa que desce ao subsolo, mas não parece notar qualquer presença de Tuvia na oficina. Os assobios de Teresa, cantarolando Marisa Monte, chegam acompanhados de um rico aroma de café.

"Teresa, querida! Como vai?" Bia abre os braços sem que ela tenha tempo de se desfazer do bule.

"Oh, minha filha, que bom ver você por aqui. Desculpe, eu te acordei?"

"Imagine, Teresa, eu é que tô atrapalhando seu serviço por aqui."

"Senta, vem tomar seu café." Já em ritmo de produção, a prestativa Teresa começa a trazer pães e frutas, além de um leite fresco.

"Meu tio já saiu?"

"Nem vi a cor dele. Quando cheguei, ele já devia de estar pra rua. Vou deixar você sossegadinha aí e vou seguir com minhas coisas na cozinha. Se precisar, é só me chamar."

Nunca havia sido natural para Bia a presença de empregados em casa. Embora não fosse comparável à escravidão, sempre achou a própria existência do conceito uma extensão da senzala, como um puxadinho para dentro da casa grande. A temporada em Londres só fez aumentar seu sentimento de estranheza, quando todos podem se apertar um pouco mais e se dedicar às tarefas do lar, em lugar de contratar confortos descabidos. Embaraçada em conversas com colegas de outros países do mundo, envergonhava-se ao dizer nunca ter usado uma máquina de lavar roupas ou limpado um banheiro. Alguns estudantes chegavam a mencionar ser uma coisa boa poderem oferecer emprego para pessoas cuja falta de qualificação não lhes proporcionava outras oportunidades. Nessas horas é que Bia se enfurecia e fazia os interlocutores enxergarem que essa era a perversão de um sistema que perpetua a desigualdade. A falta de qualificação, dizia, era fruto da exploração deliberada de quem quer manter as coisas como estão, como sempre foram. Ouve Teresa assobiando e é inevitável pensar quem seria essa moça caso a corrida da vida houvesse iniciado do mesmo lugar, caso tivesse tido as mesmas oportunidades que ela mesma, estudando em escola particular, comendo nutritivas refeições, em famílias mais ou menos estruturadas, cujas preocupações não versam acerca do teto sobre a cabeça e a comida sobre a mesa, desde que se levanta até o apagar da consciência.

Bia questiona a si mesma quão importante é o que faz para a humanidade. Alterna períodos de classificação dos teatros como supérfluos luxos dos abastados, com a construção de consciência de uma nação através da arte. Por um instante, deixa-se levar em pensamento pela ópera-bufa de Mozart, que ora se prepara no Municipal. Não muita coisa mudou desde sua estreia em pouco mais de duzentos anos em Viena. Está certo, ninguém está a exigir o direito de dormir com a serviçal na sua noite de núpcias, mas quem sabe o de lhe roubar o sono em todas as demais noites. Os pensamentos seguem a ocupar suas reflexões, mas envergonha-se frente à inação. Desconhece como e por onde começar a mudar uma realidade que se arrasta diante dos olhos. A alegria cotidiana brasileira só faz maquiar a ferida profunda que corta todos na carne, mas que uns sentem mais que outros, porque anestesiados, inconscientes ou acostumados a sofrer e calar, ou a proteger-se do inaceitável transformado em normalidade. Bia não precisava sair do Brasil para ter consciência do abismo que divide a população. Entretanto, conviver entre populações cujas distâncias sociais, econômicas e culturais não são tão gritantes agravou tanto a percepção quanto a sua revolta. Há dias em que o simples fato de tomar um banho quente ou ler um livro a encobre de vergonha. Não é responsável pela injusta desigualdade, sabe disso, mas pouco ou nada faz para que seja interrompida. Isso é o que lhe fere a consciência. Um simples piscar de olhos e a reflexão se vai. Bia sabe que o dia a chama e, como veio, o pensamento se despede até o próximo incômodo, que pode durar dias ou meses. A culpa que agora a assalta por se ocupar da compra de um biquíni, um repelente de insetos indesejáveis ou protetores contra raios solares é o antídoto comum usado por muitos para manter o indesejável distante enquanto se desfruta da beleza que o país ainda proporciona.

 Sob os protestos de Teresa, Bia leva o que restou de seu café da manhã para a cozinha. A oferta de que o almoço estará à sua espera é recusada por Bia, que comerá na rua durante a saída de compras e caminhada pelo bairro. Após um banho rápido, Bia está pronta para a exploração e o abastecimento dos poucos itens que lhe faltam para a curta e renovadora estadia na praia. Despede-se de Teresa na cozinha e, em um movimento quase infantil ao passar pelo fim do corredor na saída, mexe na maçaneta do quarto de Tuvia, mas o descobre trancado, como sempre. Não sabe ao certo o que faria caso estivesse aberto. Na rapidez com que o embaraço lhe faz acelerar o coração e subir um rubor à face, deixa a casa e ganha a vila. Entre a farmácia e as lojas da Ribeiro de Lima ou da José Paulino, Bia espera deixar-se levar pelo burburinho da segunda-feira no Bom Retiro.

Quando retorna, Tuvia espera refazer-se da visita à mãe pela manhã, no lar. Os avanços da doença se fazem mais claros a cada dia. Um só fim de semana sem vê-la fora o suficiente para que em nenhum momento juntos ela o reconhecesse ou o chamasse pelo nome. Eufemismos e tentativas de normalizar a situação proporcionados por Ângela não são o bastante para acalmar a mente inquieta de Tuvia. Seus tiques e gagueira aumentam. O cansaço rouba a pouca energia para enfrentar a semana que nem bem começa. Um almoço rápido oferecido por Teresa e o informe da ausência da sobrinha convidam a que desça para a oficina para iniciar a tarde de trabalho preparatório para clientes da semana. Após umas duas horas, sobe para reclamar de um barulho de máquinas que Teresa diz não haver escutado. Despede-se dela e tranca-se em seu quarto, em busca de refúgio ao ver-se só na casa novamente. Embora não houvesse sido chamado, decide fazer uma visita ao maestro. Nunca é demais dar uma olhada nos instrumentos, sob a desculpa das mudanças de umidade no ar. Nada garante que o maestro se encontre, mas a vontade de conversar com quem o entende é maior do que o temor de ser inoportuno.

Antes mesmo de entrar na casa, é recebido pela empregada, que informa:

"Ele está no estúdio de composição. O senhor é aguardado?", pergunta com delicadeza e medo de que houvesse perdido algo nos afazeres sempre programados pela patroa.

"Não exatamente", responde Tuvia, acanhado.

"O senhor conhece o caminho, ou quer que o acompanhe?", indaga, receosa, sabedora dos arroubos de mau humor ao ver sua paz de composição perturbada.

A mão espalmada e um leve piscar de olhos em direção à empregada são o suficiente para girar os calcanhares e partir rumo ao encontro com o maestro. Embora nem a casa ou os arredores lhe parecessem os mesmos, segue o instinto e sobe o pequeno caminho rumo ao estúdio de composição. Não estava frente ao lago, como antes, mas envolto em árvores colina acima. Um silêncio só rompido por pássaros e os ruídos de árvores o acompanham até a pequena casa com telhado de duas águas onde se supõe esteja o compositor. Três pequenos degraus de concreto e uma porta de madeira marrom o separam da visita inesperada. Pela janela lateral aberta, é possível saber que ele lá se encontra. Sensível a qualquer barulho, de lá de dentro ouve-se a voz:

"Se for o chá, por favor, deixe na porta que já apanho."

A oportunidade inesperada faz com que Tuvia abra a porta com delicadeza e anuncie sua presença.

"Desculpe, maestro, incomodo?"

"Sr. Frenkel, a que devo a honra?", reage, surpreso. "Minha esposa marcou outra visita com o senhor?"

"Não, maestro, resolvi aparecer por conta própria. Encontrei uma pele de carneiro de qualidade e achei por bem trazer. Posso voltar outra hora, se estiver atrapalhando."

"Importa-se em me aguardar uns minutos, enquanto finalizo esta passagem?"

"Absolutamente." Vira-se em direção à porta e complementa: "Aguardo o senhor me chamar lá fora. Tome o tempo que for necessário".

Não tarda muito e o maestro se junta a Tuvia e o convida para uma curta caminhada. Deixa os instrumentos de trabalho na cabana de composição e acompanha os passos do maestro, com bengala e chapéu a postos. Ao sair, nota que o maestro acende um cigarro, fato novo em sua relação com o compositor, que o último não deixa passar despercebido ante a face enrugada do afinador.

"Não conte para a minha esposa. É o mínimo que me dou de presente depois das notícias ruins que teimam em chegar sobre minha saúde."

"Algo grave, se me permite perguntar, maestro?"

"Sr. Frenkel, até vegetariano eu já fui. Nunca fui de beber muito, diferente de minha esposa, cujo hábito me preocupa e envergonha cada vez mais. Mas o que fazer quando a herança maldita de uma família doente não vem de fora bater à sua porta, mas habita aqui dentro?" Aponta para o coração que falha. "Nos últimos tempos, até pequenas caminhadas como esta me levam à exaustão."

"O que os médicos dizem, se é que posso me atrever a perguntar?"

"Ah, dr. Fraenkel, meu médico, de quem já lhe falei, mostra-me umas caras preocupadas que parecem mais severas que a própria doença." Estanca o passo, toma fôlego e continua: "Não é à toa que cada vez mais me interesso, estes dias, por teosofia, ocultismo ou misticismo. Já leu algo de Charles Leadbeater ou Annie Besant?".

"Lamento, maestro, mas não os conheço."

"Quanto mais me aproximo do desconhecido, mais desejo saber. A morte sempre me fascinou, seja pela curiosidade, ou pela crueldade com que me visitou múltiplas vezes."

O silêncio de Tuvia nada mais faz do que convidar o maestro a que continue sua mórbida prosa.

"Quantas marchas fúnebres estão presentes em minha obra. Inúmeras vezes abordei o tema, como se pudesse prolongar a visita que agora parece iminente. Mas chega de temas pesados. Fale-me da Hungria, sr. Frenkel."

"O que posso dizer, maestro? Saí de lá ainda muito criança. O único que restou foi a língua."

"Sabe que no meu tempo em Budapeste fiz uma promessa que nunca cumpri. Prometi que regeria óperas em húngaro, o que alegrou enormemente os apreciadores locais. Não sei onde eu estava com a cabeça quando fiz essa infeliz sugestão."

"Nem imagino a dificuldade de verter seu repertório para o húngaro", admite Tuvia, sem mais saber o que dizer. "Mas a sua contribuição vai muito além disso."

"Assim espero. No fim, as pessoas acabam lembrando-se de questões outras que não minha música."

"A que se refere, maestro?"

"Criticavam quando fazia muitos gestos ao reger. Tornei meus movimentos mais econômicos com o tempo e a maturidade. Mas agora eles é que chamam atenção, muito mais que minhas composições."

"Há quem diga que o senhor passou a reger com os olhos."

"Hmmm", reage o maestro, com desdém. "Aboli a vergonhosa claque, essa gente contratada para aplaudir a mediocridade de músicos incompetentes. Também por isso fui atacado", fala e pausa, com duas ou três respirações, olhando o horizonte, e segue após olhar para o afinador: "O simples ato de fechar a porta e não deixar que ninguém mais entre após iniciado o espetáculo foi motivo de revolta ou chacota, pode acreditar?".

Após um instante de silêncio, o maestro reconhece, num longo suspiro:

"Veja como fiquei amargo. No fim, quero mesmo é habitar o universo da música, porque o dos homens foi ficando cada vez mais difícil. Nenhum de nós está ileso. Seja sincero, sr. Frenkel, o que lhe vem à cabeça quando menciono a *Eroica*?"

Tuvia se engasga, imaginando múltiplas possibilidades de resposta. Sem esperar, o maestro retoma o ímpeto e vem salvá-lo:

"Não se envergonhe, eu sei, o que todo mundo lembra é que Beethoven retirou a dedicatória a Napoleão. E eu me pergunto: é isso o mais importante sobre essa que deve ser uma das composições mais relevantes da história da música?"

Sem deixar um intervalo à conversa, o maestro passa a cantarolar e reger o segundo movimento. Ergue os braços, convidando Tuvia, na certeza de ser acompanhado na marcha fúnebre cara a ambos, ambos agora a entoando em uníssono.

"Toc-toc-toc... Olá!" Bate à porta Bia, repetidas vezes, até se fazer ouvir por Tuvia.

Ele abre a porta, entre confuso e constrangido.

"Oi, bebê... tá tudo bem?"

"Você estava falando com alguém?", Bia indaga o tio, com curiosidade desconfiada.

Tuvia fecha a porta sem que Bia possa ver o interior de seu quarto e a dirige à sala, como cão que toca o gado. Nota uma bolsa de viagem no corredor e a luz do dia que termina.

"Nem sabia que você estava em casa. Meus amigos vão passar para me buscar em um instante. Você está bem? Parece assustado."

"Nada. Estou bem", responde, baixando o rosto, sem mirar os olhos da sobrinha.

"Sério, achei que você estivesse com alguém no quarto. Não que seja da minha conta. Só passei para pegar minhas coisas. Desculpe se te atrapalhei. Tem certeza de que vai ficar bem? Posso cancelar a viagem e ficar com você."

"Imagine... vá e se divirta", retruca em conforto à sobrinha. "Estou bem."

Os poucos minutos restantes foram marcados por um silêncio novo, estranho entre ambos, de desconfianças de parte a parte, até que a buzina de um carro na vila chamasse Bia à porta. Despedem-se com um beijo e abraço dela, sem grandes reações dele.

"Cuide-se", diz ela, virando-se em direção ao tio.

Tuvia a acompanha até o umbral da porta, mas não sai, para que ela tenha privacidade com os amigos. O bater da porta devolve Tuvia à penumbra e solidão da casa.

Os próximos dias são marcados por um pouco de trabalho na oficina, alguns serviços em clientes, sobretudo um par de igrejas, nas quais Tuvia afina instrumentos e lhes dá manutenção para acompanhamento de coros e outros pequenos trabalhos em residências. Intercala as obrigações de trabalho com visitas diárias à mãe no lar, que mais o deprimem do que consolam. Eszter pouco sabe de sua presença. A interação é pequena e, quando ocorre, dura um lapso curto incapaz de trazer a mãe de volta para qualquer conversa chamada razoável. Bia com certeza conversara com a mãe, pois, sob o pretexto de saber notícias de Eszter, Zsófia liga, todos os fins de tarde, para inteirar-se de como foi a visita, embora queira mesmo é saber como o irmão anda. Cumprem o combinado de que ela faz as visitas nos fins de semana e, quando pode, em algum momento no meio da semana, deixando o restante com o irmão. A sobrinha também o chama um par de vezes, no intervalo da descontração com os amigos na praia. Se, ao vivo, conversas são truncadas com Tuvia, por telefone não poderiam ser mais produtivas. Os diálogos duram perto de um minuto. O suficiente para saber quase nada e desligar a chamada como fora iniciada, por meio de poucas sílabas gastas.

Capítulo 11

Conforme combinado, Bia voltaria na sexta-feira, em tempo para o jantar conjunto de *shabbat* na casa da mãe. Tampouco estava interessada em enfrentar a crescente chegada de visitantes à Ilhabela no fim de semana. O dia chuvoso, entretanto, adiantou os planos de retorno, o que fez com que no meio da manhã já estivesse de volta a São Paulo. Com o pequeno volume retirado do porta-malas, despede-se dos amigos, que a deixam na porta da casa na vila, e ultrapassa o portão com uma jaqueta jeans sobre a cabeça para não se molhar. Usando a cópia da chave que Tuvia lhe havia fornecido, abre a porta e retira a jaqueta, ajeitando os cabelos enquanto esfrega os tênis molhados no capacho da entrada. O ruído da chuva encobre os possíveis sinais de presença na casa, o que faz com que Bia se certifique ao pronunciar:

"Olá, alguém em casa?"

De longe, na cozinha, Teresa responde, com surpresa:

"Bia, já de volta?"

"Ei, Teresa, que bom ver você. Pois é, com este tempinho, resolvemos voltar mais cedo."

"Está com fome? Tomou café antes de sair?", inquire a sempre disponível serviçal, assumindo o lugar da avó agora ausente.

"Não se preocupe comigo, Teresa", responde, enquanto caminham juntas para a sala. "Paramos na estrada e comemos uma coisinha no caminho."

"Nem entendi, acho que seu tio saiu cedo, porque não tinha nada sobre a mesa, nem na pia."

"Olhou lá embaixo, na oficina?", contesta Bia, sem dar grande importância.

"Já desci, chamei e nada. O que acho estranho é que ele é um reloginho, você sabe. Ele acorda sempre cedinho. Se termina de tomar café e eu ainda não cheguei, deixa tudo na pia. Quando estou por aqui, toma o café na mesa da sala antes de sair pra rua."

Sem grande alarde, Bia caminha pelo corredor, bate à porta do tio duas vezes e chama por seu nome. Sem resposta. Apesar da chuva, sai até a fachada da casa e mira a janela com as duas folhas de madeira ainda fechadas, o que lhe chama a atenção. Tuvia usualmente as abre tão logo se levanta. De volta para dentro, estanca diante da porta que uns dias antes provou sem sucesso. Toma coragem e testa a maçaneta. A porta se abre sem impedimento. Na penumbra, com a leve luz que banha o quarto em dia nublado, Bia vê o volume do tio na cama, deitado de lado, voltado para a parede. Chama mais uma vez, para assegurar-se de que sua privacidade seja mantida.

Por ser a primeira vez que vê o interior do quarto, Bia perde-se entre a surpresa de vê-lo dormindo em plena manhã de sexta-feira e tudo o que agora está disponível ao seu redor. O espaço, como era de se esperar de uma personalidade obsessiva, é bastante arrumado. A falta de claridade impede que veja o que são os papéis pendurados na parede, mas não deixa de notar a quantidade grande de caixas milimetricamente alojadas na estante, com etiquetas que ainda não sabe decifrar. Avança além da cabeça para dentro, chamando o tio mais uma vez:

"Tá tudo bem? Já é um pouco tarde."

"Bia do céu, o que é que você tá fazendo aí dentro?", indaga Teresa, do corredor. "Como é que você conseguiu entrar nesse quarto? Se teu tio te vê aí, ele te mata", fala sem perceber que Tuvia se encontra no quarto. Quando põe a cabeça para dentro, não consegue evitar o espanto e se persigna como num movimento automático ao ver Tuvia deitado na cama. Antes que Bia pudesse se aproximar do tio, Teresa se antecipa. "Deixe que eu chamo, Bia. Não quer esperar lá fora?"

Hesitante, Bia retorna ao corredor e aguarda Teresa, que demora mais alguns segundos antes de emitir um baixo gemido, que aos poucos dá vazão a um copioso choro mesclado a:

"Ai, meu Jesus amado... Sr. Tuvia...".

"O que foi, Teresa?" Bia assusta-se, do corredor. "Ele está machucado?"

Teresa impede Bia de entrar, ela leva a garota de volta à sala, ainda em prantos.

"Bia, chama a sua mãe e não entre lá. Liga já pra ela."

Em não mais que trinta minutos, Zsófia entra na casa. Passa pela porta de Tuvia, que estava encostada, e vai direto à sala, onde encontra Bia de mãos dadas à Teresa, sentadas à mesa.

"Bom dia", anuncia o papagaio, alheio à comoção instalada, mas é rotundamente ignorado.

Com um longo abraço na filha, que se solta de Teresa, nenhuma palavra é trocada. Teresa faz menção de ir à cozinha, mas Zsófia a interrompe e pede que fique com a filha, enquanto vai até o quarto do irmão.

Zsófia adentra o quarto e passo a passo aproxima-se da cama, onde Tuvia repousa inerte. Senta-se ao lado dele na cama, alisa sua testa fria e corre a mão pelos cabelos. Os óculos estão na mesa de cabeceira e as sandálias em posição para alguém que não mais levantará ao lado da cama. Nem mesmo o abalo faz com que Zsófia perca seu pragmatismo. É sexta-feira, véspera de *shabbat*, e o tempo é precioso. Telefona para o prof. Abrão, que em poucos minutos visita a casa com um ajudante, não se sabe se vindo do *Shil* da Vila ou da *Chevra Kadisha* na esquina, ou talvez de sua casa, também no bairro. De forma respeitosa, desce seu corpo da cama ao chão, mantendo um travesseiro sob sua cabeça. Cobre o rosto de Tuvia com o lençol. Ajeita-o de tal forma que fique deitado de costas, com os pés dirigidos à porta, e abre a janela. Acende duas velas que havia trazido, próximas à cabeça de Tuvia.

Na sala, pede licença para usar o telefone, por meio do qual faz duas ou três ligações. Em poucos minutos, tinha arranjado um médico, a remoção e o pedido de um enterro às pressas no cemitério do Butantã, antes que o *shabbat* chegasse, caso contrário, só seria realizado no domingo pela manhã. Bia, inconsolável e sem coragem de entrar no quarto, é agora abraçada pelo pai, que, vindo da fábrica também nos arredores, junta-se à pequena família.

Tempo não há para grandes preparos, e, a bem da verdade, quem é que pensariam em convidar para acompanhar o enterro de Tuvia? Embora não se houvesse mencionado, estava implícito e claro que Eszter não seria comunicada, pelo menos até que se ponderasse a forma de dar a inesperada e dolorosa notícia. Se é que a dariam.

O caminho até o longínquo bairro nas imediações da rodovia Raposo Tavares é cumprido em silêncio. O rádio é mantido desligado. Sempre que pode, Arnaldo alcança a mão de Zsófia nas paradas de semáforo e olha a filha pelo retrovisor. O choque da notícia também o havia tomado de surpresa. Antes que pudessem se encaminhar à sala onde o corpo seria brevemente velado, passam pela administração do cemitério. Arnaldo pede que esposa e filha permaneçam na recepção, acompanhadas de Teresa, enquanto entra para os acertos burocráticos e pagamentos necessários. A conversa dura pouco mais de dois minutos, e um surpreso Arnaldo retorna ao encontro da família.

"Alguém sabia que Tuvia tinha feito reserva de um terreno e pagado seu próprio enterro?"

A resposta muda é acompanhada de um fechar de olhos de ambas mais longo do que o usual.

O corredor de piso frio leva os três, abraçados, até a sala de número um, com Teresa próxima, onde um caixão simples, de cor preta e uma estrela branca de seis pontas, é ladeado por duas compridas velas acesas. A sala é banhada em silêncio, só interrompido quando o prof. Abrão se aproxima. Vem acompanhado de um quórum de outros homens, funcionários da sociedade cemitério, pelo que se deduz, em uniformes e crachás. Dado o horário, a cerimônia de velório é curta, suficiente para breves Salmos e orações de praxe, culminando com a *keriá*. Zsófia não havia tido tempo de se preparar para a ocasião. Vê então sua blusa branca de dentista ser cortada com um estilete na altura do primeiro botão. Termina por esticar um pouco o corte com as próprias mãos. Ouve-se o tecido sendo rasgado, junto aos soluços de Bia, que segura no braço do pai. Zsófia sente as lágrimas rolarem pela face enquanto olha para o caixão, mas são os olhos azuis do irmão que tem em mente. Nega de forma intencional o escuro do caixão e da morte, dizendo maquinalmente o que dela se pede que repita. Busca na memória a foto no quarto da vila, onde os quatro eram um só. Juntos, abrigados pelo pai, eram o retrato fiel da segurança que a inconsciência dos anos juvenis proporciona.

Lá, estavam protegidos, porque o tempo era ausente. Porque o mundo era exterior e impedido de entrar por uma capa de eternidade feliz. Com a chuva que teima em cair e a distância para o terreno no qual o enterro seria realizado, pede-se que a família se desloque de carro pelas ruas internas do cemitério. O trajeto é curto e seguido atrás de um carro funerário. Só o carro de Arnaldo, lenta e pacientemente, acompanha o veículo no qual se divisa o caixão sob gotas de chuva pelo vidro traseiro. Bia olha para o lado, evita a concretude da cena dianteira. Melhor os vastos campos de sepulturas desconhecidas do que a dura realidade à sua frente.

Uma pequena tenda os aguarda, sob a qual estarão protegidos durante o rápido serviço religioso. Um monte de terra vermelha espera para ser devolvido à cova tão logo o caixão seja depositado. Ouvem-se algumas aves aqui e ali a interromper o sossego que o campo sagrado pretende sugerir. Poucas preces e um breve discurso do prof. Abrão, que termina o serviço religioso com um pedido de desculpas. Um pedido de perdão ao falecido por possíveis ofensas cometidas é oferecido, mas, neste caso, o oficiante quebra o protocolo e acrescenta:

"Também peço perdão por desafinar nas minhas humildes preces. A última coisa que desejo é que sua alma seja elevada fora de tom."

Ao que os três familiares sorriem, agradecidos. Com o auxílio de quatro funcionários, o ataúde lentamente é depositado no fundo da cova por meio de duas cordas que baixam, para regressar leves e soltas. Todos são convidados a despejar as primeiras pás de terra, serviço esse que é completado por mãos mais ágeis e hábeis dos funcionários. O ruído da terra batendo sobre a madeira confere a concretude do fim inexorável. Arnaldo abraça esposa e filha. Bia tem a mão de Teresa firme, incluindo-a nesse pequeno núcleo de gente que era a vida de Tuvia. Uma vez que durante o *shabbat* não há espaço para a tristeza, combina-se a retomada do luto no *Shil* da Vila ao seu término, onde serão proferidas as orações da *shivá*. Lavam as mãos antes de deixar os portões do cemitério e se dirigem rumo a uma vida na qual Tuvia não mais os acompanha. Teresa fica em uma estação de metrô no caminho, e Bia decide acompanhar os pais ao seu apartamento, em Santa Cecília. Não tem vontade de dormir sozinha na casa da vila, que hoje, após longas décadas, terá como único residente o papagaio de poucas palavras.

O clima não era apropriado para um jantar festivo de *shabbat*. Este não era um dia qualquer. Após um banho, os três encontram-se na sala e conjecturam sobre o que teria acontecido. Até então, a última coisa que tiveram tempo fora uma discussão sobre o que levara à súbita morte de Tuvia. A incredulidade paira no ar.

"Eu não devia ter deixado ele sozinho", confessa Bia aos pais. "No dia da minha ida à praia, ouvi uma conversa no quarto dele, mas quando saiu não havia ninguém." Zsófia e Arnaldo olham-se, enquanto Bia se surpreende com uma espécie de conchavo do qual não faz parte. "O que foi? Perdi alguma coisa?", questiona a ambos.

"Bia, minha filha, Tuvia era uma pessoa doente", inicia a mãe, querendo cortar a conversa. "Tomou remédios fortíssimos a vida toda."

"Como assim, remédio para quê?", questiona, surpresa.

"Filha, não há razão para falarmos disso agora. Podemos dar uma trégua até amanhã? Vamos preparar algo para comer e descansar. Amanhã, ainda tenho de ver como vou enfrentar sua avó, no lar", retruca Zsófia, enquanto Arnaldo tem os braços passados sobre os ombros da esposa, no sofá.

Enquanto Zsófia vai ao lar no sábado pela manhã com o marido, Bia declara querer voltar à casa da vila, onde estão suas coisas e o desejo de alimentar Zyssale. Na verdade, era pretexto tanto para não encarar a avó quanto para entrar no quarto do tio e melhor compreendê-lo com toda a privacidade, uma vez que estaria sozinha.

O simples ato de abrir a porta da casa, sabendo que ninguém estaria ali, é motivo de apreensão. A forte presença que a ausência evoca é razão para seu desassossego. O não estar de Tuvia faz com que esteja mais do que nunca. Um aperto no coração a assalta com o ranger da madeira. Deixa os tênis à entrada. Prefere o toque dos pés descalços para evitar mais ruídos. A inédita porta aberta no quarto de Tuvia é motivo de um soluço, mas Bia resolve conter o choro. Decide passar reto. Coloca a cabeça para dentro, de passagem pelo dormitório da avó, e segue rumo à sala. Zyssale agita-se ao sentir seus passos aproximando-se. Um pouco perdida e atordoada, Bia ocupa-se em alimentar o pássaro, o que realiza em minutos mais prolongados do que o necessário. Desce brevemente à oficina, embora não saiba exatamente com que propósito. Tudo está como sempre. Cada coisa em seu lugar, exceto aquele que lhe empresta a função. É a segunda despedida que esta oficina presencia. Bia incomoda-se com o silêncio. Sabe que não é costume ouvir música em situações de luto. Não pensa em cobrir espelhos e outras tradições que o momento exige. Evita o máximo que pode ir direto ao ponto, mas está mais que consciente. A razão da visita é entrar no quarto de Tuvia e desbravar o que lá houver.

A primeira ação ao entrar nos domínios do tio é abrir as janelas, sem acender as lâmpadas. A luz natural invade o quarto e tudo fica mais acessível aos olhos que se acostumam rapidamente ao ambiente. Bia não sabe onde se fixar primeiro. O que lhe chama a atenção são vários pôsteres pregados com fita adesiva nas paredes. Neles, há uma boa quantidade de imagens de concertos e capas de discos, todos de um mesmo compositor. Uma fotografia com moldura mostra a figura sentada em uma poltrona individual, com pernas cruzadas, uma mão sobre a perna esquerda, enquanto a outra segura o braço da poltrona. Traja terno, colete e gravata-borboleta escuros. A posição é seguramente solicitada pelo fotógrafo, que pede que o modelo olhe a três quartos para sua esquerda, não direto para a câmara. Sob os óculos de aros redondos e metálicos, repousam um olho que divaga e outro que teima em olhar a lente. Os lábios levemente tensos formam uma pequena covinha na bochecha esquerda e, no alto da cabeça, cabelos desregrados iniciam na testa alta. Abaixo da moldura, lê-se: *"Gustav Mahler – 1860–1911"*.

Olha então para a cama vazia, que ainda guarda a silhueta do corpo que abrigou por tantos anos. A roupa de cama é testemunha dos últimos movimentos, seja de Tuvia ou de quem o retirou de lá. Alguns livros denunciam a obsessão por vida e obra do compositor. No aparelho de som, um disco de vinil avisa o que pode ter sido a última trilha sonora de Tuvia. Bia segura a capa, onde lê: *"Mahler – SYMPHONIE N° 9 – CONCERTGEBOUWORKEST AMSTERDAM – LEONARD BERNSTEIN"*. A capa depositada ao lado do aparelho mostra um globo terrestre estilizado por meio de uma pintura oriental a fazer as vezes de continentes e oceanos em vermelho, azul e verde, sobre uma moldura preta e fundo branco. Está só e resolve soltar a agulha sobre o disco. Enquanto se perde com a gravação, Bia espanta-se com a quantidade de caixas cujos conteúdos catalogados versam sobre tudo e todos, incluindo ela mesma. No início, sente-se um pouco constrangida em abrir e ferir a privacidade de Tuvia. Em segundas reflexões, pensa que de qualquer forma alguém abrirá as caixas e tudo mais que na casa existir. Melhor que seja ela, assim evita que mãos estranhas toquem a sacralidade da memória que seu tio lhe evoca. Dentre os muitos recipientes, um chama atenção justamente por não conter uma etiqueta de identificação. Puxa para si e escrutina seu conteúdo. São caixas e mais caixas de um mesmo medicamento, um antipsicótico. Apanha uma, depois outra e uma terceira, sacudindo para testar o conteúdo. Todas estão vazias, exceto por suas bulas. A excentricidade de Tuvia a convida a seguir, passeando os olhos por outras tantas caixas. O dia é pequeno para matar a curiosidade que cada recipiente guarda. A música a mergulha num torpor difícil de sair. Quando dá conta, Bia vê que nem sequer almoçou. É interrompida pelo telefone, que traz a voz da mãe.

"Como assim, você vai dormir aí? Sozinha? Por que você não vem para casa? Eu passo para buscá-la."

Mas Bia não está interessada em se mover dali.

"A gente se encontra no *Shil* da Vila logo mais, na reza do fim da tarde", comunica Bia, sem muita chance para negociações.

Zsófia, ocupada entre as preocupações de ocultação da morte de Tuvia para a mãe, deixara de lado a primeira prece a ser realizada na sinagoga. Simplesmente lhe caíra no esquecimento.

Entre pequenas pausas e longos mergulhos no conteúdo dos recipientes, Bia passa a tarde em busca de compreender a mente de quem julgava conhecer. Mais que isso, outras dimensões e personagens que faziam parte de sua trajetória. Evita trocar a trilha sonora de sua busca. Mantém o mesmo disco tocando até que as faixas se esgotem de um lado, para virar e escutar o verso em disco duplo, dada a extensão da sinfonia. Alterna momentos de ternura ao ver seus postais e cartas na caixa a si atribuída, com outros de pura melancolia em fotos antigas, dela ainda criança, com o tio. Perde-se em olhar distante pela janela, enquanto tem nas mãos documentos e objetos, que são uma espécie de traçado arqueológico de um ser recente, mas já distante. O vácuo físico faz o tempo parecer um longo hiato, ainda que um punhado de horas separe aquilo que se costumava chamar de vida da completa dissolução de um indivíduo. Bia puxa na memória quais teriam sido suas últimas trocas de palavras com o tio. A última imagem que foi capaz de reter em sua companhia. Tudo o que lhe chega é o constrangimento em seu olhar quando bateu à porta. Procura nas fotos alguma na qual seu rosto mostre o que dele deseja reter. Por ora, o corpo coberto de lado pelo lençol e a face da despedida antes da viagem à praia tomam o lugar de qualquer doce lembrança.

Passeia por retratos e boletins escolares. Aventura-se por catálogos de pianos e fornecedores de peças. A fúria aristotélica de Tuvia parece não haver poupado ninguém ou qualquer tema que o circundasse. Sobre a pequena mesa, vê enfileirados alguns poucos livros, dentre os quais Ishiguro, presente seu. Gostaria de ter discutido mais o impacto de sua leitura. A praia, os amigos, tudo poderia ter esperado um pouco mais. Já a vida por um fio de Tuvia se desprendeu, como trapezista sem rede de segurança. Ora estava, ora já não. Escolhas simples, cotidianas, sem qualquer importância, acabam por sobrepor quando não há consciência da fragilidade ou finitude. A existência, pensa Bia, estimulada pela música na vitrola, é uma alternância de sinfonias e andamentos. Umas mais breves e rápidas, outras largas e esparramadas, como a desejar que não terminassem. O *Adagissimo* da sinfonia que agora escuta parece se contrapor à rapidez com que Tuvia partiu. Pouca idade e fim abrupto. Pensa na avó, como uma lenta despedida, e já não sabe o que é preferível. Quem sabe, *Vivacissimo* para quem vai, *Lentissimo* para quem fica.

O dia se esvai. Bia abre os armários de roupas, mas pouco tem a explorar senão o aroma conhecido dos abraços não correspondidos. Sorri diante da figura de Tuvia incapaz de devolver com os braços o afeto que lhe entregava com os olhos. Ainda que soasse estranho, coloca sobre sua cabeça a boina do tio e com ela decide ir à sinagoga na vila, do outro lado da rua.

Para um sábado no fim do dia, um pequeno quórum não era mais do que se poderia esperar. Entretanto, o público cativo lá está para garantir a oportunidade dos enlutados de completar suas preces, ou simplesmente encontrar os companheiros entre orações, causos, piadas e *schnapps*. As mulheres ficam separadas, mas, neste momento, Bia é a única presente. Enquanto não chegam os pais, tudo o que faz é observar. Deixa-se levar pela chegada silenciosa de uns ou mais espalhafatosa de outros. O *Shil* da Vila é uma espécie de família alargada. Tem seus assíduos frequentadores, assim como o público flutuante de acordo com a necessidade e ocasião. É fácil de distingui-los. Está na maneira como entram no recinto, como buscam o lugar para se sentar, agarrar um livro de orações ou mesmo cumprimentar os demais. Mesmo os mais tímidos, em pouco tempo, são envolvidos por uma onda de afeto em forma de palavras doces, pequenos gestos, ensinamentos para os novos no ramo, ou mesmo o uso do humor para, de forma respeitosa e sábia, retirar aflitos de seu luto ou solidão. Bia vê a desenvoltura com que uns chegam ao lado da hesitação de outros que tratam de reconhecer o ambiente e a população local. A voz fina do oficiante cala todos. Sr. Hersch, pai do prof. Abrão, é quem conduz o início deste serviço noturno, com um sotaque marcado por uma vila longínqua na Europa. Os demais acompanham com um virar de páginas, levantar-se e sentar-se conforme apropriado, repetir trechos ou expandir suas rezas e cantar em conjunto. São um grupo sem perder a identidade individual que cada um traz. O que faziam no dia de hoje ou farão após a sinagoga é um mistério que Bia acha fascinante. Quão pouco, de fato, se sabe dos que estão ao redor. Quando avista o pai se sentando próximo aos demais homens, sente a presença da mãe que se acerca. Mantendo-se em silêncio, Zsófia segura e beija a mão da filha, enquanto toma o assento ao lado. Tem olhos fundos, de quem andou chorando, mas não demonstra em público. Durante todo o serviço, ambas se mantêm em uma sintonia sem palavras. Aqui e ali, Zsófia alisa o braço da filha, que lhe retribui. Olham Arnaldo de mais distância, um tanto deslocado, embora capaz de acompanhar os correligionários no livro de orações. Não é um serviço religioso longo. A certa altura, o prof. Abrão faz alguns anúncios de eventos que se avizinham, quando também inclui o luto por ocasião do falecimento de Tuvia. Os olhares voltam-se para os familiares, que são confortados à distância. Abrão convida todos para a cerimônia de *Havdalá*. A separação entre o sagrado do *shabbat* e o profano da semana traz pouco consolo a Bia. Um abismo a separa entre o antes, quando o tio estava próximo e vivo, do agora e para sempre. Terá de se acostumar à sacralidade de sua lembrança em um mar de cotidiano ordinário. Da mesma forma que a vela trançada é acesa, apaga-se em um pires de vinho; assim se foi Tuvia, e não há aroma de especiarias que faça Bia acordar do pesadelo de sua inexistência. Quando as preces terminam, os poucos presentes são convidados a uma mesa com leves comes e bebes, para os quais enlutados não são chamados. Dali mesmo, despedem-se com um agradecimento, sabedores de que o serviço matutino está poucas horas adiante.

Embora tenham tratado de convencer Bia de dormir em seu apartamento, ela decide ficar na vila. Com fome, decidem comer juntos, mas não em público. Após rápida confabulação de olhares, Arnaldo e Zsófia não consideram apropriado se sentar para jantar em um restaurante local em plena semana inicial de luto. Sem forças para argumentar, Bia sugere que comprem algo e retornem à vila, assim, pelo menos, desfrutam da companhia uns dos outros à mesma mesa. Uma rápida passada pela Salada Record, na rua Três Rios, e já estão de volta à vila. É Bia quem abre a porta e os leva adentro. A passo apressado, salta de forma proposital os dois quartos vazios antes de chegar à sala, convidando os pais a acompanharem seu ritmo. Zyssale dá seu costumeiro bom-dia, claramente não interessado no relógio ou no significado das palavras.

Nenhum dos três demonstra forças para grandes conversas. Abrem os pacotes onde a comida havia sido acondicionada para viagem e se servem, cada um à sua escolha. Comem em silêncio, cada qual a sua opção, que ia de carne grelhada com arroz à grega a ravióli com molho à bolonhesa. Ao descer dos talheres, Bia traz um chá recém-preparado para todos, sem a necessidade de perguntar por preferências. A ocasião simplesmente convidava a uma infusão, ainda que o frio fosse somente interno. A noite quente é típica do princípio do mês de dezembro.

"Muito bem, alguém pode me explicar o arsenal de antipsicóticos que encontrei no quarto dele?", atira Bia à queima-roupa.

"Uh, lá vem você de novo. Bia, querida, dá um tempo", retruca a mãe, sem vontade de estender o assunto.

"Qual foi o capítulo desta família que eu perdi? Que ele era gago, obsessivo, esquisito, tudo bem, eu entendo. Agora, alguém pode me explicar por que diabos tomava esse monte de remédios superpotentes?", fala, alternando os olhares para pai e mãe, em busca de respostas.

"Filha, Tuvia teve episódios de instabilidade ainda jovem", fala em tom calmo, "mas depois ficou bem. Ele tomava remédio justamente para controlar esses…", Zsófia procura palavras com hesitação, "esses desequilíbrios emocionais".

"Diagnóstico, doutora! Você pode me tratar como uma adulta e dizer de que raios meu tio sofria?"

Após outro olhar entre cônjuges, é Arnaldo quem interrompe a conversa e proclama em tom firme:

"Esquizofrenia, Bia, era isso que ele tinha. E que diferença isso faz agora?" Arnaldo empurra o prato à sua frente e, após um silêncio prolongado, desaba em um choro inesperado.

Diante da surpresa, esposa e filha se levantam e o abraçam, uma de cada lado. Se a intenção de Bia era uma noite de explorações, a reação do pai interrompeu qualquer clima para interrogatório. O misto de culpa por como a relação se desencadeou entre os cunhados, com a precoce morte de Tuvia, fez eclodir um paiol de emoções controvertidas em Arnaldo. Era óbvio que tinha afeição por Tuvia, embora fizesse o possível para esconder, sobretudo após a mudança da filha. Ter a própria finitude e o descontrole sobre a vida esfregados em sua cara trouxe uma insegurança nova, que Arnaldo desconhecia ou se esquecera, desde que perdera o irmão. Procura respostas para perguntas que nem sequer se fez. Levanta-se e vai até o banheiro lavar o rosto. Comunica o desejo de ir descansar. Zsófia ainda tenta mais uma vez convencer a filha a acompanhá-los, o que dessa vez surte efeito. Junta alguns poucos pertences em uma mochila e os acompanha até o carro, devolvendo o silêncio e a escuridão à casa da vila.

Capítulo 12

Ainda que seja domingo, as orações na vila iniciam cedo. Assim, os três se veem chegando de volta, como se dali houvessem partido há pouco. A repetição cria um novo hábito. O hábito diminui o peso do luto e transforma a melancolia em doce memória. Alguns prestam atenção nas preces, usam a palavra como forma de transcender, enquanto outros, como Bia, divagam pelo recinto, como se as melodias fossem música de fundo para reflexões distantes dos livros. Os presentes são já rostos familiares, acrescidos a outros cujos semblantes, embora distintos, estranhamente se assemelham. Assim como os símbolos religiosos, fixam-se em algo concreto, em busca de uma ausência. Procuram o que ali não está, por meio do que ali se encontra. Apesar de ser uma jornada íntima, individual, essa mística experiência de encontro com o que chamam divino aparenta ser alimentada quando realizada em conjunto. Guarda uma força de grupo, cujo esforço solitário parece insuficiente ou difícil demais para ser atingido.

Arnaldo toma a responsabilidade para si e faz a prece dos enlutados em homenagem a Tuvia, cada vez que avisado pelo oficiante. Junta-se aos demais na mesma intenção, cada qual canalizando seus pensamentos para seus entes queridos. Zsófia cochicha no ouvido da filha:

"Como é que eles sabem que tudo isso ajuda a alma dos que se foram, se é que existe alma?"

"Eles não sabem", responde Bia. "Eles acreditam. Se soubessem, não precisariam acreditar."

Zsófia olha com surpresa para o perfil da filha, que mantém o olhar adiante.

"E você acredita?", pergunta a mãe.

"Eu gostaria de saber", responde Bia, sem mover o rosto.

Zsófia adoraria, mas não vê oportunidade de elucidar se a filha gostaria de saber se acredita ou simplesmente gostaria de saber por não acreditar. Mas a casa é de orações, não de debates teológico-filosóficos. Ao fim do serviço religioso, uma mulher que havia sentado duas fileiras para trás, a algumas cadeiras de distância, levanta e se aproxima de ambas. Segura uma pequena bolsa na mão e traja vestido escuro, que lhe chega próximo dos joelhos, marcando uma silhueta de alguém que passou dos cinquenta, mas manteve boa forma. O rosto, entretanto, traz marcas de uma vida cuja erosão não poupou sinais de preocupação próximos dos olhos e da boca.

"Zsófia, você não deve se lembrar de mim", fala em tom baixo, evitando o olhar direto. "Sinto muito pelo seu irmão", segue, sem dar oportunidade para que reaja.

Por mais que busque na memória, Zsófia não é rápida o suficiente e não esconde a constrangedora falta de recordação.

"Sou Irene", arrisca, para que lhe soe familiar.

"Irene Pinsker?", pergunta Bia, surpreendendo as duas mulheres, que a miram, no aguardo de uma explicação, enquanto Zsófia se vê satisfeita por recordar o nome da mulher à sua frente.

"Desculpe, minha memória para rostos é péssima. Nós nos conhecemos?", devolve Irene a pergunta à mais jovem das três.

"Na verdade, não. É difícil de explicar. Hum... sou sobrinha de Tuvia."

Irene imediatamente olha para Zsófia e reage:

"É sua filha?"

Antes que Zsófia tivesse tempo de responder, Bia se adianta:

"Desculpe, você tem um tempinho? Gostaria de mostrar algo a você."

"Claro, quer dizer, tenho um compromisso, mas acho que dá para esperar um pouco", retruca Irene, desconfiada de para onde a conversa pode levar, tanto quanto Zsófia, que segue olhando para a filha, sem entender o que está acontecendo.

"Você aceitaria um chá ou um café? É só cruzar a rua, na vila da frente", oferece Bia, sem perceber que excluía a própria mãe do convite.

Juntam-se então a Arnaldo, que, sem entender quem era a mulher que acompanha sua esposa e filha, limita-se a estender a mão e apresentar-se. Deixam o *Shil* da Vila e caminham juntos, sem trocar mais palavras, até que Irene resolve perguntar:

"Foi algo repentino?"

Bia deixa de forma proposital um espaço vazio a ser preenchido pela mãe ou pelo pai.

"Sim, Irene. A verdade é que pegou todos nós de surpresa. Não é que a saúde dele fosse de um touro, mas..."

Antes que Zsófia pudesse seguir, Irene emenda:

"Desculpe perguntar, mas sua mãe é viva?"

"Humm..." Suspira antes de prosseguir, com voz alterada: "Sim, ela está no lar". Ao ver a reação de Irene, que fecha os olhos, Zsófia diz: "Ela ainda não sabe. Na verdade, nem sei se vai saber".

Enquanto caminham em direção à casa da vila, uma enxurrada de memórias invade Irene, que os acompanha porta adentro. Sabia onde Tuvia morava, mas nunca havia estado na casa. Era ele quem passava para buscá-la em seu prédio. É como se desbravasse seus domínios com um ar de familiaridade perdida décadas atrás. Sem chance para reconhecimento do terreno, Bia caminha à frente e conduz todos até a sala. Uma vez acomodados, ainda que no incômodo da situação, Bia pergunta:

"Irene, café ou chá?"

"Café está ótimo, mas, por favor, não se incomode comigo."

Zsófia levanta-se primeiro e proclama:

"Pode deixar que eu preparo."

Zyssale agita-se com a presença de tanta gente, claramente confuso. Ora é largado às traças, ora uma multidão invade seu espaço. Sem saber ao certo o que dizer e no aguardo de que Bia lhe mostre o que quer que fosse a razão do convite, Irene passeia os olhos pela casa, com receio de encarar Bia ou Arnaldo.

"Você já tinha vindo aqui?", indaga Bia.

"Não. Conheci seu tio há muito tempo atrás, mas nunca tinha entrado."

"Vem comigo, que te mostro a oficina onde ele trabalhava."

A oferta chegou como um bálsamo. Mover-se já era algo melhor do que permanecer na sala, sem saber o que dizer. A visita ao porão leva Irene aos profundos sentimentos despertados logo quando avista um piano. Corre a mão pela tampa, enquanto explora o ambiente.

"Ainda toca?", pergunta Bia.

"Você com certeza sabe muito mais de mim do que sei sobre você."

"Desculpe, acho que fui indelicada." Bia senta-se próxima da bancada.

"O que você queria me mostrar?" Irene ignora a pergunta original, na suspeita de que não era propriamente a oficina a razão da visita.

"Você me espera um minuto? Busco algo lá em cima e venho em seguida."

De passagem pela sala, Bia pede à mãe que leve o café para Irene na oficina. Chegam quase juntas, uma trazendo a bandeja com alguns biscoitos de nata e café, enquanto a outra tem nas mãos uma caixa com a sigla "IP" etiquetada, que não passa despercebida por Irene, muito menos por Zsófia. Arnaldo permanece na sala com o papagaio e um jornal que teima em chegar, apesar da ausência do assinante.

Bia deposita a caixa sobre a bancada e convida Irene a explorá-la. Sem jeito, Irene vai até o recipiente e, com mãos tímidas, abre a caixa e retira, um após o outro, objetos que variam entre recortes de jornais comunitários, fotos antigas, documentos de outras épocas e recentes. Assombrada, vê partitura com a "Sonata ao Luar", de Beethoven, em meio a fotos suas ainda menina. Há um anúncio de seu casamento em coluna social, assim como do acidente de motocicleta que matou o marido poucos anos atrás. Até imagens de seus filhos estão presentes em ocasiões distintas, em recortes feitos a mão de jornais, como a *Resenha Judaica*, ou a revista do clube, *A Hebraica*. Até mesmo algumas fotos suas ao lado do marido em eventos do setor imobiliário estão ali. Irene alterna o olhar incrédulo entre os objetos e as duas mulheres que de forma paciente a encaram. Bia tivera tempo de compreender que Irene devia ter sido alguém importante para Tuvia. Zsófia, embora de vaga lembrança recordasse quem Irene era, nem de longe sabia que sua trajetória era acompanhada pelo irmão em segredo.

Um misto de embaraço e curiosidade lhe comia as entranhas, explodindo sem mais poder se conter:

"Mas, afinal, o que são estas coisas? Você tinha ideia dessa fixação de Tuvia pela sua vida?"

"Zsófia, a verdade é que não sei o que dizer. Não fazia a menor ideia de nada."

"Mas, então, o que significa tudo isto?", insiste Zsófia, sob a escuta atenta de Bia.

"A última vez que vi Tuvia, tínhamos perto de quinze anos. Nunca mais nos encontramos." Irene busca de forma econômica evitar as circunstâncias em que o citado encontro se dera.

"Você quer me dizer que durante esses quarenta anos meu irmão acumulou lembranças suas sem nunca terem se visto ou se falado?", indaga, enquanto observa a afirmativa com a cabeça de Irene, com ar de interrogação. "Mas isso parece doentio. Você tinha ideia dessa obsessão dele por você?", volta à carga Zsófia, imaginando descobrir mais uma face do irmão que desconhecia.

Claramente constrangida, Irene inicia com delicadeza:

"Zsófia, Tuvia e eu fizemos aulas de piano com Dona Olga, lembra disso?"

"Vagamente. Sei que Tuvia fazia aulas de piano, mas largou quando meu pai faleceu."

"Você ainda era criança e nós começávamos a adolescência. Quantos anos vocês têm de diferença?", arrisca Irene.

"Cinco", responde Zsófia, sem se estender.

"Tuvia passava na porta do meu prédio e caminhávamos juntos até a casa dela toda semana. Também éramos colegas de classe no colégio. Nós nos víamos todo dia."

"E então?", inquire a dentista, enquanto Bia segue em silêncio.

Vendo que não sairia dali sem compartilhar o mínimo de sua história com Tuvia, Irene respira fundo e segue o relato.

"Você tem consciência de quanto seu irmão sofria na escola?"

"Mas o que isso tem a ver com esta caixa?", pergunta Zsófia, impaciente.

"Calma, mãe", interfere Bia.

"Está tudo bem, Bia", Irene intervém com tranquilidade. "Fui uma amiga próxima dele nos anos de escola. A vida dele não era fácil. Era mais inteligente e culto do que os outros, o que provocava ciúmes e inveja de alguns meninos. Mas a dificuldade em falar virou motivo de piada e perseguição. Quanto mais eles caçoavam de Tuvia, mais ele ficava nervoso e tinha dificuldade de se articular." Irene se interrompe e segura uma foto de audição na sala de Dona Olga. A mente divaga até o ambiente onde tudo desmoronou, mesmo sem que ela lá se encontrasse. Suspira e prossegue: "A última vez que nos vimos foi o dia em que tomei coragem e troquei uns beijos com Tuvia em plena rua da Graça".

Irene faz uma pausa, acompanhando a surpresa das duas mulheres que levantam juntas as sobrancelhas.

"Tuvia era um rapaz bonito, com olhos claros, cabelos dourados encaracolados, gostava de música, como eu. Nada a ver com os outros. Não foi nada mais que uma paixão de juventude."

"Desculpe, Irene, mas não é o que parece pelo que se vê nesta caixa", arrisca Bia pela primeira vez.

Encorajada pela fala de Bia, Zsófia retoma o ataque:

"Você disse que essa foi a última vez que se viram. Por quê? O que aconteceu depois disso?"

Irene passa a mão pelo cabelo, no pescoço, e já não sabe mais por onde escapar das antigas memórias que agora a assaltam. Toma a xícara de café nas mãos como pretexto para segurar algo e seguir em frente.

"Logo depois desse rápido encontro na rua, fui viajar com minha família de férias. Claro que Tuvia ficou mexido, tanto quanto eu. Foi nesse intervalo até a minha volta que seu pai, Zsófia, faleceu."

Zsófia move a cabeça ao redor, sabedora de que foi naquele porão onde seu pai tivera os últimos momentos de vida.

"Eu só vim a saber depois. Demoramos para voltar das férias", prossegue Irene. "Foi então que meus pais souberam do que aconteceu na casa da Dona Olga."

Zsófia baixa a cabeça, enquanto Bia, que se mantivera quase todo o tempo calada, se acende:

"Como assim, o que aconteceu lá?"

Como que a pedir auxílio de Zsófia, Irene a encara, para que não tivesse que ela mesma descrever o ocorrido. Como nada vinha, Irene retoma:

"Desculpe, Bia, pensei que você soubesse." Aguarda um segundo. "Tuvia teve um surto psicótico e assustou as crianças e mães que estavam na casa da professora. Não sei ao certo o que aconteceu, mas a notícia circulou até chegar na minha casa. Eu, que vinha com uma tremenda vontade de encontrar Tuvia, e seguir de onde paramos, fui impedida pelos meus pais de encontrar com ele."

"Surto psicótico?" É a reação tardia de Bia, muito mais em direção à mãe do que à dona do relato.

"Assim me contaram, Bia. Foi o suficiente para meus pais proibirem de eu sequer voltar às aulas de piano. Na escola, já não estávamos mais. Não havia motivo para nos encontrarmos em nenhum outro ambiente, que não por coincidência se nos víssemos no bairro. Sei que Tuvia veio me procurar várias vezes no prédio, mas me impediram de responder ou dizer qualquer coisa. Meus pais diziam que era uma bobagem de juventude, que ia passar. Se não déssemos corda, em uma semana, tudo ficaria esquecido. Eu era uma menina, não tinha ideia de como enfrentar meus pais."

"Mas ele estava doente!", Bia reage com olhos que se tingem de vermelho.

"Outros tempos, Bia. Uma doença mental era pior que lepra. As famílias ficavam apavoradas", acode Zsófia, em socorro.

"Vergonha, Zsófia. Era isso que eles tinham. E é isso que eu carrego até hoje. É isso que me fez vir até a sinagoga. Pagar pela covardia. Meus pais ficavam falando pela casa 'O que é que vão dizer? Você não precisa disso na sua vida. Você é jovem e não precisa de fofoca comunitária para atrapalhar o futuro'", segue Irene, embaraçada e aliviada por poder soltar o que prendia na garganta há tantas décadas. "'Esse rapaz pode ficar violento com você, quem pode saber!' Era esse o tipo de coisa que eu ouvia quando Tuvia me procurava no prédio e eles mandavam dizer que eu não estava. Mas eles não eram os únicos culpados. Na verdade, minha vergonha vinha de antes. Eu gostava dele há mais tempo, mas esperei a escola terminar, porque tinha medo de que me vissem com ele. Só tomei a iniciativa quando as aulas já tinham acabado. Eu sabia que ele nunca faria nenhum movimento, então fui eu quem avancei quando saímos da aula de piano. A rua estava mais vazia e eu me enchi de coragem."

Bia e Zsófia acompanham o relato, com sentimentos conflituosos. Têm pena de Irene e um amor de juventude que nunca foi adiante por uma clássica proibição familiar, enquanto a reprovam por se negar a admitir em público o que sentia por Tuvia. Inegável, porém, era a admiração por sua honestidade no relato que compartilha.

"No início, tive vergonha. Não conseguia assumir que gostava do menino gago de quem todos tiravam sarro. Esperei até o último momento da escola." Olha para o chão e continua: "Com o tempo, tive vergonha de ter vergonha. Percebi o quanto aquilo era errado, independentemente dos meus pais. Convivi com essa dor sem saber como remediar. A vergonha era tanta que durante anos recebi convites da reunião de turma do colégio e só a ideia de que poderia encontrar com Tuvia me deixava em pânico. O que eu diria para ele? Que simplesmente sumi? Nunca soube se ele tinha consciência do motivo do meu desaparecimento. Mas o medo de enfrentar era tanto que nunca pisei em nenhum desses encontros. Nunca soube se ele foi a um deles também."

"Você sabe que ele pensava justamente em ir neste que vai acontecer na próxima semana?", arrisca Bia.

"Foi a primeira vez na minha vida que confirmei presença. Já se vão quase cinco anos da morte do Pedro, meu marido. Pensei, preciso sair, ver gente, encontrar com quem nada tem a ver com os amigos de agora. Mas sempre tinha uma pontinha de medo, imaginando que Tuvia pudesse estar lá."

"Ele me disse que confirmou também sua presença pela primeira vez. Até me pediu pra ir com ele", acrescenta Bia, enquanto se levanta e dá sinais de que subiria até a cozinha. "Quer tomar algo?"

Quando retorna com uma jarra de chá gelado, traz também a caixa onde Tuvia armazenou todas as coisas da escola. Retira o convite e o lembrete do encontro e estende até Irene, que os agarra como quem reconhece algo familiar. Serve-a de chá, deixando que algumas pedras de gelo caiam em seu copo. Faz o mesmo para a mãe e para si. Refrescam os corpos e a conversa.

"Meu Deus, ele tem tanta coisa guardada!", admira-se Irene.

"Você não viu nada. Se quiser, lhe mostro o quarto dele. Você não vai acreditar na quantidade de coisas que ele catalogou na vida", responde Bia ao ver que também a mãe estava surpreendida.

"No fundo, eu sempre imaginei que teria a chance de pedir desculpas. De dizer algo sobre meu sumiço. Nunca pensei que as coisas acabariam assim." Irene recusa o convite de Bia, claramente evitando invadir a intimidade do quarto de Tuvia. "Desculpem, eu tenho de ir." Levanta-se Irene, querendo interromper a conversa. Deposita as coisas em suas devidas caixas e apanha a bolsa.

Sem mais o que dizer, Bia e Zsófia a acompanham ao andar de cima e em direção à saída para a vila. Arnaldo segue no mesmo lugar, assim como o papagaio. Um diz *"Até logo"*, o outro, *"Bom dia"*, como era de se esperar. Antes de deixar a casa, Zsófia se dirige a Irene:

"Perdoe seus pais, tenho certeza de que eles queriam o melhor para você."

"A eles, eu já perdoei faz tempo. O difícil está mesmo comigo. Obrigada pela oportunidade da conversa." Despede-se Irene, pelas calçadas da vila.

Nem bem fecha a porta, Bia dispara em direção à mãe:

"Parece que ela não era a única envergonhada aqui."

Capítulo 13

Noite de abertura dos Proms no Royal Albert Hall, em Londres. Sexta-feira, 20 de julho de 1990. Concerto em memória de John Pritchard. No programa: *Sinfonia n.º 2 em Dó Menor*, de Gustav Mahler – *Ressurreição*.

Conforme prometido, Bia lá está, para a primeira noite do evento que marca a cena da música erudita londrina. A casa está cheia, mas ela está só. Devora com curiosidade todos os cantos do grande recinto, junto a uma imensa plateia, em noite quente de verão. Havia comprado assento um pouco à esquerda do maestro, de tal forma que teria uma visão ampla da orquestra, mas também de seus movimentos. Enxerga o gigantesco órgão com incontáveis tubos no alto do palco. Eleva a cabeça e divisa arcos e pilastras iluminados por fachos cálidos em um branco-acinzentado e sobe até o teto da sala, onde avista diversas formas redondas que lhe parecem cogumelos ou guarda-chuvas invertidos, cuja forma e disposição emprestam a acústica necessária ao enorme ambiente de pé-direito majestoso. No pé do palco, veem-se folhagens verdes ornadas por flores amarelas, contrastando com o vermelho das escadarias que sustentam os músicos da Orquestra Sinfônica da BBC e do Coro da Filarmônica de Londres. Dentro em pouco, palmas anunciam a entrada da soprano Margaret Price e da mezzo-soprano Anne Sofie von Otter, acompanhadas atrás pelo maestro da noite, Andrew Davis. Elas assumem seu posto no centro, entre a orquestra e o coral, bem em frente ao maestro, um pouco acima do nível de sua cabeça, enquanto ele cumprimenta o primeiro violino e o público da noite. Davis traja um fraque escuro, gravata-borboleta branca e uma faixa cinza na cintura, e nada foge aos olhos ávidos de Bia. Davis mantém a barba, que lhe é característica, junto ao cabelo que faz Bia lembrar um dos músicos do ABBA. Sorri para si pela primeira vez, pensando no quanto se divertiria em ter Tuvia ao seu lado, como era o plano original. Da plataforma cercada de metais dourados, Davis dá sinais de que iniciará o concerto, virando-se para a orquestra.

Embora não fosse uma aficionada por Mahler, Bia teve o tempo necessário para preparar-se desde que deixou o Brasil, de volta a Londres. Estudou o que pôde para enfrentar a segunda sinfonia e melhor compreender o universo no qual o tio habitava. O primeiro movimento começa com a fúria típica de uma guerra. É uma marcha fúnebre, como tantas que Mahler compôs, mas carrega uma raiva diferente das demais. Denota o embate entre vida e morte, entre morte e ressureição, mas, como toda marcha, progride rumo à morte. O *allegro maestoso* convida os presentes ao enterro, a relembrar feitos e sonhos do falecido. A sucessão de sentimentos evoca perguntas sobre a existência, ou o sentido da vida, já que todos rumam para o fim. Faz Bia imaginar a cena bíblica da briga entre Jacó e o anjo. Uma luta que, apesar de vivo, deixará marcas profundas no humano. Mahler havia sido largamente influenciado pela obra de Schopenhauer, na qual se busca a paz pela supressão do sofrimento e dissolução do indivíduo, ainda que sob o preço da vitória da morte sobre a vida. Para a morte do herói explorado em sua primeira sinfonia, Mahler abre a segunda com o funeral que marca o movimento de abertura. Bia ingere os pouco mais de vinte minutos, em um misto de ansiedade e dispersão. Divide a atenção entre o som e a imagem. Seus olhos pulam entre os movimentos vigorosos do maestro e instrumentos específicos, à medida que entram em cena. Mahler é um exímio orquestrador, o que faz da sucessão dos distintos instrumentos na vasta orquestra um desfile de timbres e cores. Violinos, violas, violoncelos, contrabaixos, oboés, flautas, clarinetes, fagotes, poderosos metais e percussão dão o tom do que a aguarda. O andamento marcado pela marcha carrega Bia enquanto a sucessão de metais eleva o público em um embate que não é só sobre morte e vida do herói, mas de todos os humanos. Flautas e harpas trazem um contraste leve, quase doce, ao tom ora macabro, ora triunfante. O duelo entre o que pulsa por seguir vivente e a sombra que busca ofuscar qualquer esperança coloca os presentes em suspense e êxtase.

De tamanha intensidade, o compositor havia recomendado que as orquestras fizessem uma pausa de cerca de cinco minutos antes de seguirem para o segundo movimento. O maestro Davis concede menos de dois minutos, enquanto músicos e plateia se refazem da intensa abertura. O calor é forte. Muita gente na plateia carrega leques ou abana-se com o que tiver em mãos. Bia, que usa a boina de Tuvia para se refrescar, vê que até o maestro brinca com seus músicos ao se abanar usando sua partitura. De atenção fugidia, Bia tem tempo de sobra para divagar. Imagina o encontro da turma de Tuvia, ao qual não compareceu. Não sabe se Irene decidiu ir ou não. Naquela noite, foi direto ao aeroporto, imaginando o que haveria prevalecido, quando discutida a morte de Tuvia: a hostilidade como era tratado em tempos de colégio, compaixão ou culpa que mortes tendem a suscitar, mas decide-se pela indiferença, que foi o que marcou a vida do tio, assim como sua morte. Além de Irene, ninguém compareceu durante a *shivá* no *Shil* da Vila, ou pelo menos, se o fez, não deu a saber aos familiares que lá estavam até o último dia.

O segundo movimento inicia e será marcado por glissandos e rubatos, em busca de adiar o inevitável, enquanto o público se delicia com uma melodia que se arrasta. A ideia de ressurreição surge frente à morte que a todo instante assombra. Se a morte havia saído na frente no primeiro movimento, a ideia de renascimento ganha corpo e dá sinais de que não venderá a derrota tão fácil. Com *pizzicatos* e outros recursos, Mahler imita a vida repleta de variações do mesmo tema. Costumava dizer que compor é como brincar com tijolos, fazendo continuamente novos edifícios com as mesmas pedras. Amáveis momentos são assaltados por um inimigo silencioso, sempre à espreita, a lembrar que a finitude é a marca de toda vida. Mas o que a morte não sabe, ou não tem como evitar, são os artifícios de reviver após o perecer. Se é o mesmo tipo de vida ou outro, ninguém sabe, mas preenche a angústia de esperança. Aceita-se mais facilmente o inevitável fim, desde que um recomeço seja anunciado. Um eterno retorno.

Bia sorve o concerto e tem Tuvia próximo de si, a roubar-lhe a atenção. Procura concentrar o olhar ora nos metais, ora nos contrabaixos, busca de tudo para se manter no momento. Nem sempre os pés se firmam onde mente e coração habitam. Entretanto, o plano original incluía Tuvia, que se faz presente à revelia. Quando se dá conta, a orquestra já inicia o terceiro movimento. Nesse scherzo, Mahler incluiu o sermão de Santo Antônio de Pádua aos peixes, embora adaptado a uma versão instrumental. É um desfile de música folclórica da Boêmia, com um misto de ironia e humor ácido, em crítica ao público frequentador de templos. Ouvem o sermão e assentem, mas deixam o ambiente sagrado para manter os mesmos hábitos. Bia desconfia que a crítica de Mahler se estendia também aos pregadores, incapazes não somente de convencer seus correligionários, mas de mudar a si mesmos. Na briga por mais tempo de vida, embate essencial da sinfonia, Bia tem a impressão de que o movimento evoca o desespero de alguém que afunda e se afoga, mas deseja loucamente respirar outra vez. Lembra-se do caixão de Tuvia baixando rumo ao escuro desaparecimento coberto de terra.

O concerto traz à Bia a sensação de que caminha lento em alguns trechos, enquanto em outros anda depressa demais, embora seu desejo fosse que não terminasse jamais, como a vida. Olha ao redor e carrega um agudo sentimento de solidão na multidão. Luta para manter-se em pé após a repentina partida de Tuvia. Busca a própria identidade no convívio com os outros, tanto quanto nos momentos em que enfrenta a si mesma. Os últimos têm sido muitos.

A mezzo-soprano levanta-se e, em cadência lenta, inicia o curto quarto movimento. Está à direita do público, com seu traje preto ornado de pontos brancos. O pescoço comprido chama a atenção, enfeitado por um colar que lhe dá ainda mais destaque na loura cabeça de cabelos curtos. A voz é potente e delicada. Mergulha todos na luz primordial e na ingenuidade da fé. Na crença de que nem o anjo pode atrapalhar o caminho direto ao céu. De que a morte não é o fim, mas o início da eternidade, ainda que por meio de uma pequena luz ofertada pelo divino para enfrentar todas as adversidades e os sofrimentos de vida e morte. É fugaz como a curta existência terrena, dura perto de cinco minutos. Não tarda e a cantora lírica já se sentou. Davis não deixa espaço para respirar. A batuta instiga o movimento final com o vigor de quem acabara de iniciar a noite. A porção derradeira é uma escalada longa. A subida final após uma maratona, que promete a visão da terra prometida. A julgar pela extensão, tem a duração de uma sinfonia em si. Mas tempo aqui é o que menos se sente. É como se houvesse sido suspenso enquanto não ocorre o desfecho. Está no intervalo entre o adormecimento e um novo levantar-se.

O quinto e último movimento traz consigo o coro e a soprano para o centro da peça. Essa última surge com sua alta voz, em um manto ornado de figuras que se assemelham a grandes folhas douradas sobre fundo preto e um colar pendente que lhe chega à cintura. O coro age como uma onda gigante que carrega todos ao céu. A letra foi especialmente composta por Mahler sob forte influência de seu amigo Siegfried Lipiner, cujo reconto de Prometeu inspirou Mahler a escrever o trecho final junto a um poema de Friedrich Klopstock. Bia acompanha a letra em alemão[1], cuja tradução lera em preparação para o concerto.

"Ressuscitarás, sim, vais ressuscitar,
Cinzas minhas, após um curto repouso!
A vida imortal
ser-te-á dada por Aquele que vos chamou!
Estais semeadas, para florir de novo!
O Senhor da colheita
vai recolher os feixes de nós,
que morremos!

Crê, pois, meu coração, crê!
Nada irás perder!
É teu, sim, é teu o que sentiste.
É teu o que desejaste, aquilo por que lutaste!
Crê: não nasceste em vão,
Não viveste e não sofreste em vão!

---

1   Original em alemão disponível no apêndice ao final do livro.

O que aconteceu tem de passar
O que passou tem de ressuscitar!
Deixa de temer!
Prepara-te para viver!

Oh, sofrimento! Tu, que penetras em tudo,
Já te escapei!
Oh, morte, tu, que tudo conquistas,
Agora estás derrotada!
Com as asas que ganhei,
Na ardorosa luta do amor,
Levantarei voo
Em direção à luz que nenhum olho penetrou.

Com as asas que ganhei
Levantarei voo
Morrerei para viver de novo!
Ressuscitarás, sim, ressuscitarás,
Meu coração, num instante!
O teu caminho
Levar-te-á para Deus!"

Metais de fora da sala ecoam. São as vozes do além que chamam. Não bastassem os cerca de trezentos músicos na sala, Mahler queria o efeito do que não se pode ver, mas se sente, do que se aguarda, daquilo que se deseja com curiosidade e temor. É uma estranha dança entre músicos ausentes da sala de concerto e o maestro que os rege. Logo se soma a flauta no recinto e lentamente o que era a separação entre o aqui e o além já não é tão clara.

O coro inicia lento e com gentileza. A soprano, embora se junte aos demais, lentamente se sobressai ao coro que lhe funciona

como uma cama do mais puro som. Breve, soprano e mezzo-
-soprano trançam suas vozes sem se misturarem. Centenas de vozes
do coro juntam-se à orquestra em plena potência, com o órgão a
gritar pelos tubos. O clímax com todo o coro em pé leva Bia às
lágrimas. A obra dera uma guinada, não mais culmina em um
dia do Juízo Final, mas na celebração da vida. Trata-se de uma
ressurreição humanista. Um convite para matar a hipocrisia de
uma falsa existência, em busca de uma vida autêntica. A melodia
criada por Mahler, a um só tempo, desafia e derrota a morte,
assim como abre os portões do Céu. Mas o Céu é aqui mesmo.
Anjo e Jacó cantam juntos, em uníssono. Não há separação. Tudo
é humano, tudo é divino.

Após cerca de oitenta minutos, as luzes se acendem. Maestro,
solistas, orquestra e coro são ovacionados em pé pela plateia.
Mahler tinha razão. Seu tempo iria chegar.

Enquanto isto, a caminho do lar em São Paulo, Arnaldo liga
o rádio e Zsófia troca a estação. Do costumeiro canal de notícias,
gira o dial até encontrar uma música de seu gosto. Arnaldo sorri
para a esposa, que dirige sem estar ao volante.

Apêndice

Original do movimento V. *Sinfonia n.° 2*
Im Tempo des Scherzo: Wild herausfahrend "Auferstheh'n"

Aufersteh'n, ja aufersteh'n wirst du,
Mein Staub, nach kurzer Ruh!
Unsterblich Leben
Wird, der dich rief, dir geben.
Wieder aufzublüh›n, wirst du gesät!
Der Herr der Ernte geht
Und sammelt Garben
Uns ein, die starbe!

O glaube, mein Herz, o glaube:
Es geht dir nichts verloren!
Dein ist, ja dein, was du gesehnt,
Dein, was du geliebt, was du gestritten!

O glaube: Du wardst nicht umsonst geboren!
Hast nicht omsonst gelebt, gelitten!

Was entstanden ist, das muß vergehen!
Was vergangen, auferstehen!
Hör auf zu beben!
Bereite dich zu leben!

O Schmerz! Du Alldurchdringer!
Dir bin ich entrungen.
O Tod! Du Allbezwinger!
Nun bist du bezwungen!
Mit Flügeln, die ich mir errungen,
In heißem Liebessreben
Werd ich entschweben
Zum Licht, zu dem kein Aug gedrungen!

Mit Flügeln, die ich mir errungen,
Werd ich entschweben!
Sterben werd ich, um zu leben!
Auferstehn, ja auferstehn wirst du,
Mein Herz, in einem Nu!
Was du geschlagen,
Zu Gott wird es dich tragen!

Glossário

Babka: típico pão doce ou bolo trançado e recheado com chocolate, frutas, geleia, queijo ou canela. Usualmente originário da culinária judaica do Leste Europeu.

Beigale: rosca assada de pão, trançada, muitas vezes salpicada de gergelim e sal.

Bubele: embora a tradução literal seja boneca(o), usa-se no *Yiddish* como substituto de querida(o).

Chalá: pão trançado, em geral doce, com passas de uva ou sem, mas também servido em versões salgadas. É habitualmente consumido no *shabbat* e em outras ocasiões festivas.

Chevra Kadisha: Associação Cemitério Israelita que cuida dos serviços funerários e de luto da comunidade judaica.

Fatec: Fundação de Apoio à Tecnologia e Ciência.

Funarte: Fundação Nacional de Artes.

Kaddish: oração que vem desde a época do Segundo Templo, embora não mencione a morte, é uma declaração de fé pela redenção da alma do ente querido que se foi.

Keriá: tradicional sinal de luto entre os judeus que relembra o ato do patriarca Jacó, que rasgou suas roupas pelo filho José.

Kneidale: bolinhos de farinha de *matzá* e ovos. Normalmente, fervidos e servidos em caldo de sopa de galinha.

Kugel: embora haja variações doces, em geral, *kugel* é uma espécie de pudim de pão salgado assado, por vezes recheado de vegetais ou cebola.

Latkes: pequenas panquecas de batata, em geral fritas. Além do consumo cotidiano, são tipicamente servidas durante a Festa das Luzes (*Chanucá*).

"Lechá dodi": canção típica do *shabbat*, teve como autor o cabalista Shlomo HaLevi de Alkabetz, que viveu no século XVI, na cidade de Safed. Celebra a chegada da rainha (noiva) Shabbat.

Lechaim: termo em hebraico que se traduz como "à vida". Em geral, empregado quando se bebe algo e se celebra a ocasião com taças.

Minian: quórum mínimo de dez judeus necessários para conduzir cerimônias rituais.

Moshav Zkenim: termo em hebraico que denomina a instituição que abriga pessoas em idade avançada com necessidade de cuidados, asilo.

Neologs: divisão institucional dos judeus húngaros que separou tradicionalistas (ortodoxos) e modernistas (*neologs*), na virada do século XIX para o século XX.

Pekale: termo em *Yiddish* para referir-se a uma pequena porção de comida. Normalmente, refere-se a um pacote contendo comida que pessoas levam após uma refeição ou preparadas por alguém a se levar para viagem.

Quipá: espécie de solidéu utilizada por judeus observantes sobre suas cabeças. Marca a simbólica separação entre o humano e o divino.

Shabbat: o dia sagrado na semana para o judaísmo. Inicia com o cair da noite de sexta-feira e termina na noite de sábado. Tradicionalmente, remonta o dia em que Deus descansou da criação do mundo e invoca todos a fazerem o mesmo em um dia dedicado à família, estudos, reflexões e orações.

"Shalom Aleichem": poema místico originário de Safed, entre os séculos XVI e XVII. Usualmente cantado na volta para casa na noite em que se inicia o *shabbat*.

Shil: maneira carinhosa de referir-se à sinagoga, o templo judaico de orações.

Shivá: período que compreende os sete primeiros dias de luto após o enterro.

Torá: Pentateuco, ou cinco Livros de Moisés (Antigo Testamento).

Tzures: termo *Yiddish* que denota problemas, preocupações, estresse.

Unibes: União Brasileiro Israelita do Bem-Estar Social. Organização que promove a justiça social, fundada em 1915. Atende pessoas em situação de vulnerabilidade dentro e fora da comunidade judaica.

Varenikes: massa típica da culinária judaica do Leste Europeu, em geral recheada de batata e preparada com cebola frita.

Yiddish: língua composta principalmente por um misto de alemão e hebraico, além de outros idiomas, como o inglês. Língua falada pela maioria dos judeus asquenazitas da Europa Oriental. Por vezes, também grafado iídiche.

Yurtzait: data relembrada anualmente no dia do falecimento, exceto no primeiro ano, quando é lembrada a doze meses exatos do enterro. Tem como intenção a ascensão espiritual da alma da pessoa falecida.

Agradecimentos

Este livro foi escrito durante a pandemia, em 2020, período de isolamento, mas também de significativas aproximações. Sou imensamente grato aos primeiros leitores, encorajadores para que o livro se tornasse público: Miriam Maghidman, Eduardo e Sandro Maghidman, Ioni Maghidman, Daniella Grinbergas Grohmann, Ivo Minkovicius e José Ernesto Beni Bologna.

A Moacir Amancio, a quem devo, além de comentários preciosos, o título do livro. A Michel Laub, pela leitura crítica e encontro produtivo repleto de sugestões. A David Feffer e Bia Reigehnheim, pelas aproximações com o universo editorial.

Aos amigos na Austrália, por sua leitura da versão em inglês acompanhada de sábias e doces palavras: Aida Horvath, Catherine Flynn, Falon Ryan, Fiona McDermott, Geoff White, Luke Styles e Uschi Bay.

À leitura voraz e pronto retorno de Aaron Cohen, produtor norte-americano e grande conhecedor de Mahler, pela generosa mensagem que releio inúmeras vezes e uma das grandes motivações para a publicação do livro.

À equipe da Editora Labrador, pelo acolhimento competente e afetuoso no processo de publicação e divulgação.

À Débora, minha leitora e cúmplice número um, por ter lido a obra à medida que era produzida. Por estar junto a cada passo, mesmo antes que eles sejam trilhados, e incentivar os devaneios de alguém que se recusa a parar de sonhar e realizar.

FONTE Baskerville
PAPEL Pólen Natural 80 g/m²
IMPRESSÃO Paym